No soy yo

Karmele
Jaio

No soy yo

Karmele
Jaio

Ediciones Destino
Colección Áncora y Delfín
Volumen 1555

Ediciones Destino, un sello editorial de Editorial Planeta, S. A.
Avda. Diagonal, 662-664, 08034 Barcelona (España)
www.planetadelibros.com
www.edestino.es

Primera edición: enero de 2022

ISBN: 978-84-233-6057-4
Depósito legal: B. 18.405-2021
Composición: Realización Planeta
Impresión y encuadernación: Black Print CPI
Printed in Spain - Impreso en España

El grito

Escribo por las noches. Cuando mi marido y mis hijos duermen, enciendo el ordenador portátil en el salón, en un rincón donde he montado una especie de despacho —los metros de mi piso no dan para una habitación propia—, y allí escribo. Pero antes de que llegue ese momento también estoy escribiendo, porque en las horas previas a que se acueste mi familia mi mente ya está pensando en lo que voy a crear por la noche. Así, escribiendo sin escribir, he tomado muchas decisiones estratégicas para mis obras. Hace dos años, por ejemplo, di con la clave de mi siguiente novela mientras jabonaba la cabeza de mi hijo, de rodillas, junto a la bañera: decidí entonces que el protagonista tendría una pasión oculta, la pintura, que cambiaría su vida; y en más de una ocasión he decidido si matar o no a algún personaje al tiempo que preparaba la cena. Puedo decir que hay vidas en juego mientras bato huevos.

No vivo de escribir. Trabajo en la biblioteca del Museo de Bellas Artes, por lo que no es casualidad que en mi última novela haya tomado protagonismo la pasión por la pintura. La vida de quien escribe se cuela en sus ficciones como una lagartija entre las piedras.

No puedo decir que tenga un mal trabajo, no está mal pasar el día rodeada de libros de arte, sobre todo si amas la pintura, pero pasaría a gusto las ocho horas de mi jornada escribiendo, en lugar de tener que hacerlo por las noches.

Sin embargo, ha ocurrido algo en el último año que ha trastocado totalmente mi manera de crear, algo que me ha puesto difícil quedarme a solas por la noche en el salón para poder escribir.

Mi marido es un gran aficionado al fútbol. Bueno, no. Más que aficionado es creyente. Es un apasionado de su equipo, el Athletic de Bilbao, pero su pasión no se limita a un escudo o a los colores de una camiseta, porque vive y ama el fútbol en general, el fútbol en mayúsculas. Le gusta el fútbol como quien ama la pintura y le gusta Monet, pero ello no le impide disfrutar con Cézanne, Zuloaga, Gal, Zumeta o Kahlo.

Pues eso le ocurre a mi marido. No pestañea viendo los partidos del Barcelona o del Bayern de Múnich, pero alimenta también su pasión viendo un partido del Eibar o del Lemoa; disfruta con los goles, los pases y los lanzamientos de falta de las estrellas del Real Madrid, Manchester United y Chelsea, pero también con un contraataque del Alavés o una parada del portero del Bermeo Fútbol Club, el equipo del pueblo de sus padres. Y qué decir de las selecciones nacionales. Cuando suenan los himnos y los jugadores se alinean y miran al infinito, le crece el cuello como si fuese uno de ellos. En los Mundiales, sobra decirlo, me quedo sin marido.

Lo que nunca pensé es que el fútbol fuera a convertirse en el culpable de la transformación de mi manera de escribir, aunque, más que el propio deporte, los culpables han sido quienes han decidido que los partidos se pueden programar también los días de labor y en horario de noche. Desde que los partidos se juegan a la hora de irse a dormir, ya no me quedo sola en el salón por las noches. Ahora comparto mi reino nocturno con mi marido. Y no es lo mismo.

Durante un tiempo he sido incapaz de escribir una sola línea, e incluso por las noches he deseado que llegara la mañana siguiente para volver al trabajo. Por lo menos allí puedo alimentar mi inspiración con los libros de arte. Así, durante un tiempo me he dedicado a buscar escritos de pintores sobre sus obras, quizá con la intención de encontrar una pista para entender qué busco yo en la literatura o un aliciente que me anime a seguir.

Recuerdo haber leído a Edvard Munch contar que la inspiración para pintar la conocida obra *El grito* le llegó mientras presenciaba una puesta de sol en la que las nubes se pusieron tan rojas como la sangre. «Los colores gritaban», escribió el pintor recordando aquel momento.

«Los colores gritaban», leí en uno de aquellos libros.

Nuestro salón es grande, y el rincón en el que escribo está un poco apartado, de espaldas al televisor. Mi marido se pone los auriculares para no molestarme.

—Tú a lo tuyo, como si yo no estuviera —me

dice mientras se prepara ansioso para ver el partido de turno.

Pero no se da cuenta de que oigo sus:

—Uyy...

Oigo sus:

—Ayy...

Oigo:

—No, hombre, no... Cómo va a ser eso falta...

Estoy convencida de que no se da cuenta. Sé que intenta no hacer ruido y que se muerde la lengua cuando marcan. No grita nunca gol. Pero es igual, porque sé cuándo meten gol. De repente, tras de mí siento una especie de hipo, un grito contenido que mueve unos milímetros los cuadros de la pared y un suspiro que se alarga. Y miro hacia atrás y veo a mi marido más estirado de lo normal: las piernas rectas, los ojos bien abiertos y los dedos separados unos de otros como si con las manos sujetara dos lámparas de araña. Aunque no abra la boca, su cuerpo grita gol sin que él se dé cuenta.

Desde que escribo mientras mi marido ve el fútbol he pensado muchas veces que si consiguiera emocionar a alguien con mi escritura la mitad de lo que se emociona él viendo un partido, me daría por satisfecha. No creo que nunca nadie se haya puesto así leyendo mis libros. A veces me pregunto para qué escribo y para quién, y si mis palabras son realmente capaces de remover a alguien por dentro. Y si no son capaces de emocionar más que un balón de fútbol rodando por el césped, me pregunto si merece la pena seguir escribiendo. Quizá por eso busco últimamente en los escritos de famosos pintores una razón, una pista que me permita seguir creyendo en el arte, en la creación.

La afición que mi marido siente por el fútbol no la siente por la literatura ni por lo que yo escribo, eso lo he tenido claro desde el primer libro que publiqué. Me lee o, mejor dicho, comienza a leerme, pero sé que no termina mis libros. Cuando publico uno nuevo, lo toma entre sus manos con interés, me hace algún comentario sobre la portada, o sobre mi foto en la solapa, y me dice:

—Tiene buena pinta.

O les pregunta a los niños, señalando la foto en la solapa:

—A ver, chicos, ¿quién es esta?

O tras leer el primer párrafo, me dice:

—Empieza bien, ¿no?

Pero, noche tras noche, veo que el marcapáginas se ha quedado anclado en el mismo lugar.

Desde que comencé a escribir mientras mi marido ve el fútbol, hay una idea que ha llegado a obsesionarme. Miro la pantalla, miro después a mi marido con los ojos pegados al televisor, y me pregunto una y otra vez qué tiene ese deporte que enciende pasiones. Y, lo más importante para mí, ¿es posible trasladar esa misma pasión a la literatura?

Así que, con esa pregunta en la cabeza, hace un año comencé a experimentar. Comencé a escribir observando a mi marido mientras ve el fútbol con sus auriculares, como intentando trasladar la pasión que inunda el aire del salón a la pantalla del ordenador, como si quisiera chuparle la sangre a la manera de un vampiro. Escribo unas líneas y miro a mi marido, escribo un párrafo y miro a mi marido, al igual que un pintor que mira al horizonte para inspirarse. Lo veo removerse en el sofá cuando están a punto de lanzar una falta peligrosa y pienso: «¿Cómo, con qué adjetivos, con qué historia, puedo conseguir que a un lector le tiemble el labio inferior de emoción al igual que le ocurre a mi marido segundos antes del disparo?».

Pero en los últimos meses ha ocurrido algo sorprendente. Me he dado cuenta de que mirar a mi marido emocionado —nunca me había fijado en que se emocionara tanto— me inspira para escribir. Desde que escribo mirando a mi marido mientras ve el fútbol escribo mejor, escribo con más pasión, parece que las letras se fijen con uñas a la página en blanco, que las palabras muerden cuando las lees. Y los párrafos nacen uno detrás de otro, sin parar, hasta que he conseguido terminar la novela en la que estaba atascada desde hacía dos años. Mirar a mi marido emocionado viendo el fútbol ha soltado un nudo que desde hace tiempo tenía dentro, y, por fin, el protagonista de mi novela se rebela y lo deja todo para dedicarse a lo que realmente le apasiona, la pintura. Y llora al terminar sus cuadros, de emoción y de satisfacción; llora de gozo, sintiendo que la sangre corre por sus venas otra vez. Lo escribo todo sin pausa, como un río que fluye sin parar.

Cuando mi editor terminó de leer el original me llamó para decirme que nada de lo que había escrito antes le había impactado y emocionado tanto, había algo magnético en aquellas palabras, en aquellas frases.

Desde que la novela se publicó hace un mes, la crítica ha coincidido en destacar la emoción por encima de todo. Recibo mails emocionados de lectores, muchos de ellos me agradecen que haya escrito la novela porque los ha animado a desatar su auténtica pasión: hay quien ha encontrado la valentía para empezar a escribir o para empezar a estudiar lo que siempre quiso, hay quien ha conseguido destapar la atracción que siente por las personas de su mismo sexo... Confiesan que la novela les ha dado el impulso que necesitaban para liberar sus pasiones e intentar hacerlas realidad.

Pero no solo en los lectores. La novela también ha tenido efectos inesperados en mi marido. Hace tiempo que ha pasado de la página diez, y esta última semana lo veo por casa con el libro en la mano de aquí para allá. No parece que para él este sea un libro más. Si le hablo mientras lee, no me responde, igual que cuando ve los partidos del Mundial.

Y yo, agradecida al fútbol como nunca pensé que iba a estarlo, sigo escribiendo mientras miro a mi marido, aunque, a decir verdad, cada vez le miro más y escribo menos, porque he descubierto que me enloquece ver esos ojos llorosos cuando su equipo falla un penalti, me vuelve loca ese grito contenido cuando llega el gol, esa forma de tragar saliva antes de una falta directa.

Hoy me he sentado junto a él. Tiene mi novela a su lado, sobre el sofá. Según el marcapáginas le falta poco para terminarla. Le he pedido que se quite si quiere los auriculares, que voy a descansar un poco y podemos ver juntos el partido. He leído en la prensa que se trata de una eliminatoria importante (desde que escribo mirando a mi marido he empezado a leer las páginas de deportes). Y junto a él me he sentido bien por un instante, como hacía años que no me sentía, los dos sentados mirando al mismo lugar. Me ha recordado al tiempo en que íbamos juntos al cine cuando éramos novios.

Pero en un momento dado, mi marido ha levantado la vista del televisor, ha tomado entre sus manos el libro y ha comenzado a leer. No me lo puedo creer. No le miro directamente, no quiero que perciba mi sorpresa, así que sigo mirando la pantalla, el partido de fútbol, y veo un balón que rueda sobre el verde y cuatro jugadores que corren sudorosos hacia él.

El de la camiseta roja toca la pelota con la pierna derecha y el resto le sigue por detrás, con urgencia, como si dentro de aquel balón se escapara rodando su propio corazón. El comentarista dice que el equipo blanco está presionando muy arriba, lo que provoca que los contraataques del equipo rojo sean muy peligrosos; el jugador rojo controla el balón, chuta con fuerza, un jugador se desmarca, lo recoge, sigue adelante, corre, tiene enfrente al portero, solo al portero, el comentarista habla más alto, más rápido, los espectadores se levantan, el portero se adelanta, los brazos extendidos, las piernas extendidas, el jugador rojo chuta y...

—Gol.

Mi marido me mira asombrado.

—¿Has gritado gol?

—¿Yo?

—Sí, acabas de gritar gol.

—No digas tonterías, es tu imaginación.

—¿Te importa ponerte los cascos? Tu libro está interesante.

Iba a responderle que no necesito los cascos, que a mí no me interesa el fútbol realmente, pero lo veo tan concentrado en mi libro que me pongo los auriculares, y ahora oigo a los comentaristas como si estuvieran en mi interior, como si me hablaran al oído, y mis latidos se aceleran.

Mi marido, tras ver la repetición del gol, sigue leyendo. Es increíble lo que está pasando. Podría apagar el televisor y ponerme a escribir, pero no tengo ganas. Y ahora empiezo a temer no ser capaz de escribir nada si no observo a mi marido emocionado viendo un partido de fútbol. Pero no mira la pantalla, sino mi novela.

Ahí está. Leyendo sin parpadear una página tras otra. Con empate en el marcador y a cinco minutos de terminar el partido.

Sin quitarme los auriculares, le miro de reojo, compruebo que está en las últimas dos páginas de la novela y entonces percibo un brillo especial en sus ojos. Aspira fuerte el aire, lo contiene dentro unos segundos y lo expulsa en un suspiro. No puede ser. Mi marido está a punto de llorar con mi novela.

Vuelvo a mirar el televisor.

Está ocurriendo un milagro.

Una paleta de colores toma la pantalla: camisetas rojas y blancas sobre el verde, el público multicolor, los anuncios que se encienden y se apagan... y sobre la paleta, los pases de los jugadores como rotundas pinceladas blancas, *dribblings* de trazo retorcido, hay una plasticidad que da volumen a la pantalla, una intensidad de luz impresionista, y sobre ella, en el momento en que las voces de los comentaristas se elevan, el portero del equipo blanco estira el brazo como el Adán de Miguel Ángel hacia Dios. Pero no llega.

Gol.

Camisetas rojas saltan y se abrazan, el público zarandea banderas rojas, una bengala enciende la pantalla. Y en medio de todo, el delantero que ha metido el gol, arrodillado sobre el césped mirando al cielo, grita exultante.

Mis lágrimas le dan un efecto *sfumato* a la imagen, difuminándolo todo y dándole unidad.

No puedo dejar de llorar.

Los colores gritan en la pantalla de mi televisor y mis ojos no soportan tanta belleza.

Peritas en dulce

La enfermera toma entre sus manos mi pecho derecho y lo suelta sobre la bandeja de cristal como quien lanza medio kilo de carne al peso. Me acuerdo de mi carnicero. Luego lo aprieta con la mano intentando extenderlo, aplanarlo, antes de ponerme una especie de plancha encima. Las enciclopedias y los libros grandes también suelen ser difíciles de fotocopiar, antes de bajar la tapa hay que apretarles bien el lomo.

Me pide que no encoja los hombros mientras habla con su compañera de la cena de trabajo del pasado viernes. Alguien debió de beber más de la cuenta. Cuando el aparato baja de nivel, apretándome el pecho hasta el límite, me resisto unos segundos, porque no quiero mirar, pero al final no puedo evitarlo. Ahí está, la veo: una de mis *peritas en dulce*, como llamó Fernando a mis pechos una noche en que bebió demasiado, convertida de repente en una sepia a la plancha.

Me acuerdo de mi pescadero.

—¿Te duele? —me pregunta la enfermera, no sé muy bien si a mí o a mi dignidad.

Le respondo que no. Ha sido mi orgullo el que ha hablado. Me costará reconocer que se pueden tener varices en el pecho. Después de ver mi cuerpo cedido como una media, me manda a cambiarme a la cabina número dos, un cuarto de poco más de un metro cuadrado. Y allí, mientras me pongo el sujetador que un día fue blanco y que de tanto lavado se está mimetizando con el color de mi piel, siento la necesidad de creer de nuevo que mis pechos siguen siendo peritas en dulce. Debería empezar por comprarme un sujetador nuevo.

En menos de una hora, me veo subiendo de dos en dos las escaleras mecánicas del centro comercial y me siento la mujer más simple y superficial del mundo. Ridícula. De joven, en la época de la universidad, y más tarde, cuando empecé a trabajar en la editorial, vivía como si fuera una mujer sin pechos, mi intelectualidad estaba por encima de aquellas dos peritas turgentes y blablablá, y es justo en el momento en el que han empezado a ablandarse cuando mi ansiedad me lleva a buscar un sujetador salvador, como si fuese un asunto de vida o muerte.

Observo mis pechos desnudos bajo el fluorescente blanco del probador, frente al espejo, y constato que necesitan una reanimación, un boca a boca por lo menos. Así que me compro el sujetador negro con más encajes y transparencias, el más caro, y el más parecido al de la chica del póster del probador. En el anuncio pegado junto al espejo aparece una mujer joven, bella, con un sujetador negro y unos pantalones vaqueros, nada más, montada descalza sobre un caballo, como Bo Derek en sus tiempos. El viento le peina la larga melena. «Vive salvajemente», dice el lema del anuncio. Y pienso irremediablemente que hace ya tiempo que vivo amansada, domesticada, hace tiempo que mis relaciones sexuales están programadas únicamente para los sábados por la noche, como si fuesen alguna aplicación informática de las que desarrolla mi marido. Y al salir del probador me doy cuenta de que ha llegado el momento de que recupere el sentido de la palabra *salvaje*, por eso le pido a la dependienta, un poco avergonzada, sin levantar mucho la cabeza del mostrador, que me ponga también el tanga que va a juego. Sí, el de la tira más fina.

Recuerdo que cuando me hicieron la primera mamografía el miedo a que me encontraran algo me hizo pensar constantemente en mis hijos, más que en mí misma. Qué sería de ellos, desamparados, sin su madre. He llegado a la tercera prueba, cuatro años más tarde, y todo ha cambiado. No me he sentido tan mal porque he asimilado que esto no es más que una prueba preventiva que se nos hace a todas las mujeres a partir de una edad, pero, sobre todo, porque ya no siento que mi hija y mi hijo vayan a quedarse desamparados. Mi nido está vacío.

Eider todavía sigue en casa, pero es como si no estuviera, me evita, me esquiva en el pasillo, espera a que yo termine de cenar para prepararse algo ella sola en la cocina. Es como si oírme masticar le diera asco. Y, a pesar de ello, estoy convencida de que bajo su frialdad no hay odio, sino rechazo a la imagen de niña que se refleja en mis ojos cuando la miro. Es como si ella no pudiera ser ella misma a mi lado. Casi siento más cercano a Asier, aunque viva con su chica desde hace dos años. Cuando viene a visitarnos me pregunta qué tal estoy, si hemos publicado algo interesante últimamente...

En todo el tiempo que llevo trabajando en la editorial, nadie de mi familia me ha preguntado por mi trabajo, sobre los libros que publicamos, ni siquiera por los cuentos que he escrito. Hubo un tiempo, cuando mis hijos eran pequeños, en que escribía cuentos infantiles y se los leía por las noches. Nunca les dije que eran míos, quizá para que creyeran que eran cuentos de verdad y no algo que había inventado su madre.

Asier y Eider gozaban con mis cuentos, eran sus favoritos, quizá por el entusiasmo especial que yo ponía en su lectura. Entonces les gustaba su madre, necesitaban a su madre. Recuerdo el tiempo en que, con ocho o nueve años, Asier quería que estuviese siempre con él, que me sentara a su lado a ver la televisión. No me escuchaba, eso creo, pero le gustaba sentirme cerca, saber que me tenía ahí. Me recuerdo sentada en el borde del sofá, secándome las manos con el trapo de la cocina, con la cena a medio preparar, porque Asier me llamaba insistentemente. Le veo tumbado en el sofá, posando la cabeza sobre mis muslos para que le pase la mano por el pelo y se lo lleve detrás de la oreja.

Y el cambio ocurre de un día a otro, o más bien te das cuenta de él de un día a otro. De repente, un día estás preparando la cena y tu hijo te llama, pero no es para pedirte que te sientes junto a él o para que le des un masaje en la espalda, es para decirte que no le prepares nada, que ha quedado para comer un bocata con los amigos. Y cuando llegas al salón tu hijo ya no está allí, y oyes que la puerta de la calle se cierra. Ni siquiera sabes qué jersey se ha puesto. El trapo se te cae entonces al suelo y con él se entierran para siempre los mimos que aún necesitas darle, los besos en la frente, ir de la mano por la calle, hacer viajes juntos, frotarle en el baño con la esponja, verle desnudo como cuando nació. Llega un día en el que ya no te permite que le veas desnudo, un día en el que cierra la puerta de su habitación y aquel espacio de doce metros cuadrados deja de ser tu casa aunque las escrituras digan lo contrario.

Me he pasado años mirando a mis hijos, casi espiándolos, y no me he dado cuenta de que han crecido. Quizá los haya mirado desde demasiado cerca. Es como mirar un pecho de mujer con un aparato de radiografía. Desde tan cerca una teta no es una teta, sino otra cosa.

Estaba comiendo sola, Fernando y Eider no salen hasta las tres del trabajo y del instituto, así que estaba relajada, y justo cuando pensaba en que el bocado de coliflor que estaba a punto de introducir en la boca parecía un cerebro, aparece mi hija. Me extraña, debería estar en clase.

—¿Qué haces aquí?

Me dice que quiere hablar conmigo ahora que no está su padre, por eso ha salido antes de clase.

—Mañana no vengo a dormir.

—Y... ¿adónde vas?

Me dice que va a dormir a casa de una amiga. Sé que no es verdad. Y, sin embargo, le respondo:

—Tú verás lo que haces.

Tú verás, le he respondido. Y nada más pronunciar esas palabras me he quedado asombrada. Hace un año, qué un año, hace tan solo un mes, no le hubiera respondido jamás algo así. La hubiera interrogado, me hubiera negado. Pero hoy ese «Tú verás» me ha salido del alma.

—¿No te importa? —me pregunta sorprendida.

Nada más irse siento que suelto lastre. Años de preocupaciones, de no dormir, de sentir cada una de sus heridas como si fuera mía incluso antes de que se le abrieran... de repente son pasado. Pero, al soltar lastre, me elevo y me veo desde arriba, y mira lo que diviso: veo el gran montículo que he construido durante estos años, en cuya cima están mis hijos, pero hay algo que no había visto hasta ahora: un agujero. Un gran agujero al lado de la montaña, el que he ido escarbando para construir el montículo desde el que hoy me miran. El agujero de donde he sacado todo lo que les he dado de mí.

Atisbo el agujero desde las alturas, casi da vértigo asomarse, mientras ceno con mi marido.

—¿En qué piensas? —me pregunta.

—En la comida de mañana. No sé qué poner...

—Perdona, sigue pensando.

Mi marido es tan educado... Ha sido así siempre, hasta en la cama. Solo le falta decir por favor en cada movimiento. Solo ha perdido la rigidez alguna vez que ha bebido en alguna cena, en alguna boda... No bebe casi nunca y le basta muy poco para perder el norte. La vez que más le ha afectado el alcohol fue en la boda de un compañero de trabajo. Y nunca olvidaré que aquella noche, aquella loca noche, tomó mis pechos desnudos con sus manos, abiertas como bajo un manantial de oro líquido, y dijo aquellas palabras: «Me voy a comer tus peritas en dulce». Se quitó las gafas, las tiró bajo la cama, acercó su boca a mis pechos y comenzó a lamerme los pezones. Nunca más ha humedecido con tanta pasión mi pecho con su lengua y nunca más ha vuelto a decir aquellas palabras referidas a mis senos: peritas en dulce.

Tiene las manos blancas, finas, manos de funcionario. Le gusta su trabajo, siente que ordena el caos del mundo. Trabaja haciendo aplicaciones informáticas para la administración: bases de datos, formularios... Las trata con mimo, como si lo merecieran.

—¿Te importa si cambio el canal? —me pregunta.

A veces me gustaría que fuese más natural, más básico, que le dominaran sus instintos. A veces sueño que huele a sudor y que follamos totalmente desnudos y no con la camiseta interior puesta, o sacando una sola pierna fuera del pantalón del pijama para poder abrirme bien. Y sueño con que vuelve a lamerme los pechos con la pasión y la humedad de aquella noche, tras la boda de su amigo. Me lo imagino tirando las gafas al suelo, aunque ahora ya no sería exactamente así porque lleva lentillas.

Me pregunto cuántos orgasmos salvajes me quedan. Y en ese momento recuerdo el sujetador negro. Dejo la tortilla sin terminar en el plato, me levanto y voy al baño.

—¿Adónde vas?

—Ahora mismo vengo.

En el baño, me quito el sujetador y las bragas como una serpiente que muda de piel y me pongo el nuevo conjunto negro. Le arranco la etiqueta con los dientes. De vuelta a la cocina, siento que, bajo el pantalón, el tanga intenta colarse por las aberturas de mi cuerpo como si tuviera vida propia.

No estoy acostumbrada a la vida salvaje.

Saco una botella de vino del armario. Estaba guardada desde las pasadas Navidades. Fernando me mira asombrado.

—¿Celebramos algo?

Cómo explicarle que tengo ganas de que pierda un poco la compostura, que estoy deseando que me arranque el tanga de un tirón, que sus dedos hurguen en mis agujeros. Hoy puedo gritar si quiero, como cuando no teníamos hijos. Eider no viene. Estamos solos. Cómo explicarle que desde que he visto mi futuro en una teta deformada he decidido disfrutar de lo que me queda y que todo lo demás me da igual...

—Que estamos solos —le respondo—. Celebramos que estamos solos después de tanto tiempo.

Fernando no bebe habitualmente y, tras dos copas de vino, ha desaparecido la rigidez de informático que muestra las veinticuatro horas del día. Recordamos cosas de nuestra época de novios. Hasta nos reímos. De repente, me lo imagino con sus gafas de pasta y, aprovechando que lo veo relajado, me suelto los botones de la camisa y me la quito, dejando a la vista el sujetador negro de encaje. Me imagino a mí misma encima de un caballo.

—¡Vaya...!

Se queda quieto, mirando con la boca abierta mis pechos disfrazados. Por un momento pienso que le va a volver el espíritu de informático de la administración y que me va a decir: «Pero ¿qué haces?, ¿estás borracha?» o «¿Estás loca...?». Pero no. Me sonríe, se levanta de la silla y se acerca a mí. Posa su mano derecha en mi pecho con la misma ternura con la que la posa todos los días en el ratón del ordenador. Tiembla. Acerca su boca a mi oreja y empieza a morderla. Tengo su bragueta enfrente, la abro y meto la mano. Se quita los pantalones de pinzas como puede, con los pies, tiene las manos demasiado ocupadas. Vamos avanzando por el pasillo, sin separar nuestras lenguas, hasta llegar a nuestra habitación.

Nos tumbamos en la cama, él sobre mí. Y en un momento siento su aliento acercándose a mi pecho, su lengua lamiendo con fervor mi pezón izquierdo. Mis peritas en dulce se ponen duras. No puedo creerme lo que está pasando, Fernando lamiendo mis pechos con el mismo desenfreno de aquella loca noche tras la boda de su amigo. El tanga no puede absorber tanta humedad.

Pero en el momento en el que comienzo a arquearme, la lengua de Fernando para bruscamente, como si se hubiese acordado de repente de algo. Levanta la cabeza y me mira. Ya sé lo que me va a decir. Se ha acordado de las peritas en dulce. Me lo va a recordar y nos vamos a reír.

—Te has acordado, ¿verdad? —le digo sonriendo.

—Sí, perdona, no me he acordado antes. Has tenido mamografía, ¿no? ¿Qué tal?

Las peritas se ablandan.

—Todo bien —le respondo mirando al techo.

Vuelve a bajar la cabeza. Sus manos blancas de piel fina siguen buscando mis agujeros.

Olores que vienen del patio

La urbanización se llama Jardines de Olarizu. Está situada al sur de la ciudad. Desde la ventana del salón se divisa un extenso prado con el monte al fondo y el balcón de la cocina da a un jardín privado de la comunidad, unos pequeños árboles y juegos para los niños: columpios, un tobogán rojo y dos caballitos de madera que se balancean sobre un ancho muelle. Los setos cubren la verja blanca que separa la zona privada del exterior.

«Igualito que en la maqueta», pensó Leire, feliz, el día que estrenó la casa.

Dos años antes, al ver la maqueta en la agencia inmobiliaria, quedó fascinada con el jardín comunitario y los juegos para los niños:

—Podríamos verlos jugar desde el balcón... —le comentó a su marido sonriente, con la cabeza un poco ladeada hacia la derecha, como en la foto de la boda.

Entonces estaba embarazada del segundo y Jon tenía dos años. Finalmente, los juegos infantiles en la zona privada fueron decisivos para decantarse por la opción más cara. Leire utilizó una y otra vez el argumento de los niños para convencer a Roberto.

Le dijo que al ver la maqueta había sentido mariposas en el estómago.

—He sentido las mariposas, Roberto.

Y Roberto ya sabía que una vez que aparecían las mariposas, Leire no iba a desistir hasta conseguir lo que quería. No se resistió, por tanto, demasiado. Además, podían hacer un esfuerzo, Leire tenía trabajo fijo en la biblioteca municipal, y él también cobraba bien en la agencia de seguros. No les sobraba el dinero, pero podrían hacer frente a la hipoteca.

—Es un poco más cara, pero... Ahí podrán hacer amiguitos sin salir de casa. Y sin peligros...

Para Leire era importante que sus hijos hicieran amigos. La relación que habían tenido con otras parejas se había enfriado, tenían muy poca vida social, y al llegar el fin de semana su hijo no tenía con quien jugar. A Leire no le preocupaba su aislamiento, le bastaba un buen libro para pasar el fin de semana, y Roberto era capaz de pasarse el sábado viendo la televisión sin pestañear, pero quería que sus hijos se relacionaran.

Leire pensó que en aquella nueva urbanización sus hijos tendrían muchas posibilidades de hacer amigos al ser solo doce familias y contar con un jardín privado. Pero más que eso, lo que le atrajo desde un principio fue que aquel jardín privado no tenía nada que ver con el patio de la casa que ella había conocido de niña. Porque el patio de la urbanización no era un patio, sino un jardín precioso. Allí no se secaban las ropas entre olor a fritura como en el patio de la casa de sus padres; allí no había buzos de trabajo ni bragas gigantes de color carne colgados; no se oía el silbido de la cuerda de colgar la ropa al deslizarse de un lado a otro, pues la mayoría de los vecinos tenían secadora; de aquellas ventanas no salían mujeres en bata ni hombres en camiseta de tirantes bostezando y fumando un cigarro negro. Era limpio, sin ruidos ni olores. Era perfecto como una maqueta.

—Es un poco más cara, pero los vecinos tampoco serán cualquiera...

En aquel edificio no habría vecinos que se llamaran Omar, ni Josefina o Desiderio, como en casa de sus padres.

De pequeña, cuando su madre tenía que hacer algún recado, la dejaba muchas veces en casa de la vecina. La terraza de María Ángeles ocupaba una buena parte del patio, y allí jugaba Leire con la pequeña Miriam, entre olor de jabón de lavadora y puchero. Pero Leire siempre pensó que ella no pertenecía a aquel mundo, que no merecía un patio así, que no tenía nada que ver con el delantal y las zapatillas de casa de María Ángeles. Y jugaba con Miriam, pero como los famosos juegan y se fotografían con los niños que visitan en África, sabiendo que de un momento a otro se irán de allí, sintiendo que no pertenecen a ese mundo.

«Yo no soy de aquí.»

Su madre salía muchas veces a la ventana para hablar con María Ángeles mientras esta colgaba la ropa en el patio: hablaban de recetas, del precio de los tomates en el mercado... Otras veces su madre bajaba al patio con la excusa de que se le había caído un calcetín, o un trapo, y hablaban las dos en la puerta de casa de María Ángeles, bajito, susurrando.

María Ángeles era muy gorda, siempre estaba preparando croquetas —cuántas croquetas de María Ángeles habrá comido Leire— y siempre llevaba algo en los bolsillos del delantal: llaves, pinzas para colgar la ropa... Se despedía de ella pellizcándole suavemente las mejillas, y Leire aún recuerda el olor a ajo de aquellas manos ásperas. También recuerda las zapatillas de casa de María Ángeles, unas zapatillas rosas de felpa. Solo recuerda haber visto a María Ángeles vestida de calle en una ocasión. El día en que apareció en la puerta de casa con una bandeja de pasteles con motivo de la comunión de su hija. Bajo aquel maquillaje y aquellos labios pintados de rojo parecía un hombre disfrazado de mujer.

La mayoría de los vecinos de la urbanización tienen hijos. Leire piensa que quizá todos eligieron la urbanización por la zona de juegos. Casi todos tienen alrededor de cuarenta años y aspecto de funcionarios. Casi todos tienen dos coches. Uno más grande, que guardan en el garaje y que en la mayoría de los casos usan los hombres, y otro más pequeño, que aparcan en la calle y que usan las mujeres. Tanto ellos como ellas trabajan fuera de casa y la mayoría comen también fuera, incluidos los niños, que comen en los comedores de los colegios. Así pues, al mediodía en la urbanización no huele a cocido ni a pescado frito.

Y Leire se siente a gusto. Siempre ha tenido problemas con el olor a comida. Cuando era adolescente y volvía del instituto a comer se cambiaba completamente de ropa y se ataba un pañuelo en la cabeza para no ir por la tarde a clase con olor a frito o a berza. Escondía el olor de su casa, de su patio, de su vecindario, por miedo a que a través de aquel olor sus compañeros de clase pudieran llegar a ver el reflejo del patio de María Ángeles. O peor, como si pudieran ver en ella a María Ángeles vestida de calle para celebrar la comunión de su hija.

Cuando estrenaron el piso, Leire acababa de tener el tercer hijo y estaba en excedencia del trabajo. Disfrutó desde el principio de aquellos mediodías en la urbanización, de aquel silencio. Con sus hijos de cinco y dos años en el colegio y la guardería, y mientras daba pecho al bebé, miraba muchas veces el jardín privado y los juegos infantiles desde la ventana de la cocina. Entonces era aún marzo, pero soñaba con que sus hijos, en pocos meses, una vez que empezara el buen tiempo, disfrutarían de aquellos juegos infantiles junto a otros niños y niñas, que imaginaba rubios y con olor a colonia. Sus hijos pasarían su infancia en el lugar que les correspondía, no tendrían que avergonzarse nunca de nada.

Conoció entonces a María, la vecina del tercer piso. Cuando Leire y Roberto estrenaron el piso, María ya estaba embarazada y, como los médicos le habían diagnosticado un embarazo de riesgo por su edad y por antecedentes de abortos naturales —tenía otro hijo de cinco años y, al parecer, hasta aquel embarazo hubo muchos intentos frustrados—, estaba de baja desde el sexto mes.

Así que cuando el tiempo mejoró, las dos mujeres comenzaron a coincidir en el jardín privado al mediodía, con la urbanización casi vacía. Al principio cada una se sentaba en uno de los dos bancos que había allí. María casi siempre con un libro en la mano, y Leire con el bebé en brazos o meneando el carro para que se durmiera. Pero, poco a poco, comenzaron a intimar.

María era profesora en la universidad, donde impartía la asignatura de Literatura del siglo xx, y nada más saberlo Leire se sintió fascinada. Ella había estudiado Biblioteconomía y Documentación impulsada por la pasión que siempre ha sentido por los libros. Cuando estudiaba para bibliotecaria siempre pensó que mientras que el objetivo del resto de los estudiantes era aprender a clasificar libros para conseguir un trabajo en una biblioteca, sus aspiraciones iban más allá, porque ella sentía pasión por aquellos libros y había algo artístico, intelectual, en lo que buscaba. Le parecía imposible gozar de la literatura sin tener una biblioteca bien ordenada. Tampoco allí era como los demás. Y con María, durante esos mediodías en aquel jardín privado, Leire empezó a sentirse en su sitio, hablando con una mujer de su nivel y con sus mismas inquietudes.

Y así, al principio hablaban del tiempo, después de los niños, pero poco a poco comenzaron a hablar de Proust, de Chéjov, de la última crítica de poesía publicada en el suplemento cultural del periódico... Al verlas, pocas personas podían adivinar el nivel de la conversación de la mujer embarazada y la lactante. No hablaban mucho de pañales o de las horas sin dormir, y eso a Leire la llenaba de orgullo. Por las tardes, cuando los niños volvían del colegio y sacaban de sus bolsas los bocadillos y los zumos para la merienda, podían hablar de las novelas de Mercè Rodoreda o de Ramón Saizarbitoria.

No eran como las demás. La maternidad no les había anestesiado el cerebro como les pasaba a otras muchas. Aquel jardín privado constituía un subconjunto dentro del conjunto de la ciudad. Un lugar excelente.

—Parece que van a edificar ahí enfrente —le dice Leire a María mirando a lo lejos con la mano en la frente a modo de visera.

—No nos quitarán el sol de tarde, ¿verdad? —le responde María levantando la vista del libro que está leyendo.

—No creo que tengan permiso para hacer viviendas altas en esta zona.

—Tal vez sea una urbanización como la nuestra.

—Tal vez.

Cada día el agujero en el solar de enfrente era más y más grande. Muchas tardes, el ruido de las máquinas les impedía hablar. Esos días, cada una sacaba su libro del bolso y se ponían a leer al sol mientras sus hijos jugaban en los columpios. En aquellos ruidosos momentos, de vez en cuando Leire miraba de reojo a María. Era una mujer realmente especial. Dejando de lado su vientre hinchado, era una mujer delgada, no muy alta, pero todo lo que vestía le sentaba bien a pesar del embarazo. El vientre cada día más hinchado le daba un aspecto más femenino, pero tenía algo andrógino, no solo por llevar el pelo corto, sino también por su manera de vestir: muchas veces llevaba chaqueta, vaqueros y zapatillas de deporte, y cuando leía se ponía gafas de pasta negra. Parecía una intelectual de Brooklyn. Tenía las manos muy grandes y con las venas marcadas. Cuando hablaba las movía arriba y abajo, constantemente, como hacen los expertos en los documentales. Leire se imaginaba un montón de libros en casa de María. Se imaginó muchas veces su biblioteca. ¿Cómo tendría ordenados los libros? ¿Alfabéticamente? ¿Por géneros? ¿Por editoriales? ¿Aquí ficción, aquí no ficción?

Admiraba a María.

Un día, después de tres días lluviosos sin bajar al jardín, Leire se encontró a María rendida, sentada en uno de los bancos. Tenía los ojos hinchados de haber llorado. No se atrevió a preguntarle nada. Para entonces ya estaba en el octavo mes y en un principio pensó que quizá el embarazo pudiera ir mal, pero no.

—Ha muerto mi padre.

—Lo siento...

—Estaba muy bien, ha sido de repente. El corazón...

—¿Y tu madre?

—Está destrozada. La vamos a traer a casa.

María llevó a su madre a casa. No quería dejarla sola, al menos en los primeros meses. Cuando le dijo que iba a traer a casa a su madre, Leire se imaginó una mujer de clase alta, fina y elegante, de las que van a la peluquería todas las semanas.

Se llamaba Adelina y era una mujer muy gorda. Tenía las mejillas sonrosadas y se le adivinaban venitas rojas en el rostro. El pelo blanco, cortado como las monjas. Andaba con las piernas muy abiertas y las tenía llenas de varices. Casi no se le distinguían los tobillos entre tanta carne. El día que la conoció llevaba un vestido ancho con flores estampadas. Comprobaría más tarde que todos sus vestidos estaban hechos con el mismo patrón. Se llevó una gran sorpresa al conocerla.

A partir de aquel momento, María empezó a aparecer todas las tardes en el jardín acompañada de su madre. Una gorda y la otra en el tramo final de su embarazo, andaban sin poder contener sus cuerpos. Más que andar, se balanceaban de un lado al otro como barcas en el puerto hasta que soltaban como podían todo su peso sobre el banco. Cuando por fin conseguían sentarse, suspiraban al unísono y dejaban las piernas bien abiertas. Entre las piernas de la madre de María, bajo el vestido, se creaba una cueva negra y misteriosa.

Leire estaba asombrada con la relación madre-hija, y, especialmente, con la transformación de María. No solo porque había cambiado su manera de vestir —ya casi no le entraba nada y llevaba todo el día pantalones que parecían pijamas—, sino, sobre todo, porque, junto a su madre, quien se dirigía a ella como si fuera una niña y no paraba de darle órdenes, María parecía otra. No hablaba con tanta seguridad, le cambiaba la voz.

—Quítale a ese niño el jersey, por favor, que está sudando...

—Sí, yaya.

Yaya.

Desde que apareció su madre, se acabaron las conversaciones sobre Cheever, Mansfield o literatura y género. Y fueron sustituidas por otras: trucos para quitar las manchas, recetas para hacer mermelada, remedios para la tos de los niños...

Ya había pasado un mes desde la muerte de su padre, pero la madre de María seguía allí.

—Tenéis un jardín hermoso...

Estaba a gusto. Tan a gusto y tan cómoda que empezó a bajar al jardín en zapatillas de casa. Y, aunque no lo quisiera reconocer, Leire no podía ocultar las ganas de que aquella mujer desapareciera de una vez y cuanto antes de su vista y de su jardín privado. Aquella mujer destrozaba la imagen de la maqueta que tanto había soñado. Aquella mujer convertía en patio su hermoso jardín.

Un día la madre de María bajó sola.

—Tres kilos y ochocientos gramos —dijo satisfecha.

—Felicidades...

Leire estuvo a punto de decir «Felicidades, yaya», pero se mordió la lengua.

Fue un parto duro, y mientras María se recuperaba, primero en el hospital y luego en casa, Adelina comenzó a bajar al jardín sola con el nieto mayor. Se sentaban juntas en el banco, del que Adelina ocupaba tres cuartas partes. Bajaba al nieto bocadillos de panceta o cortaba allí mismo con un cuchillo unos trozos de queso sobre el trapo de cocina que extendía sobre sus rodillas. En comparación con aquellas meriendas, los bollitos industriales y los zumos envasados que daba Leire a sus niños parecían alimentos para astronautas. Leire bajaba muchas veces un libro, pero, cada vez que lo abría, Adelina se le ponía a hablar, así que pronto desistió.

—¿Qué demonios están haciendo ahí? —pregunta Adelina, sin levantarse del banco, mientras seca con el trapo la navaja con la que acaba de pelar una naranja—. Vaya ruido que hacen...

—Dicen que son casas nuevas, pero no sé.

—¡Se acabó vuestra paz!

Leire decidió que tenía que marcar distancias con aquella mujer, y lo intentó buscando relacionarse con otras madres y otros padres de la urbanización que también bajaban con sus hijos a la zona de juegos. Aprovechando que su hijo mayor iba a cumplir seis años, pensó en celebrarlo en el jardín e invitar a todos los niños y niñas de la urbanización.

El día del cumpleaños, bajó al jardín dos mesas plegables de playa, las cubrió con un mantel de papel y puso encima botellas de refrescos y vasos y platos de plástico. En casa tenía ya listos los sándwiches y las patatas cocinadas para, en el último momento, solo tener que añadir los huevos y preparar rápidamente las tortillas.

Cuando media hora antes de las seis llegó el momento de tener que subir a preparar las tortillas no sabía muy bien qué hacer con la pequeña que llevaba en brazos. Roberto no llegaba hasta las ocho y tenía que dejar al bebé con alguien.

—Ya te cuido yo a los niños... si aquí no tienen ningún peligro, mujer.

Adelina se prestó a cuidarlos y, aunque le costó, Leire aceptó su ofrecimiento. Le venía realmente bien. Así que dejó a la pequeña sobre el regazo de flores estampadas del vestido de Adelina.

—Tardaré media hora como mucho...

—No te preocupes, mujer. Anda, vete.

Leire subió a casa corriendo, se ató el delantal, puso la sartén al fuego y empezó a batir huevos a toda velocidad. En menos de veinte minutos ya estaban listas las tortillas y Leire estaba sudando. Tras dejar la última tortilla en el plato, salió al balcón de la cocina a tomar un poco de aire y desde allí vio a sus hijos comiendo las nueces que Adelina iba partiendo con las manos. Alrededor de Adelina sus niños parecían palomas esperando trozos de pan. Aquellas nueces se rompían en su estómago. Crac. Sintió ganas de llorar.

Cerró los ojos, volvió a abrirlos, y entonces vio que, en la parcela de enfrente, la que estaba en obras, habían colocado un cartel: «Chalets de lujo: con piscina, dos plazas de garaje y jardín privado».

«Una casa así no se la puede comprar cualquiera», pensó, y suspiró.

Entró a la cocina, cogió una tortilla en cada mano y salió de casa. En el ascensor, mientras las tortillas le calentaban las palmas de las manos, comenzó a sentir un cosquilleo en el estómago. Allí estaban de nuevo las mariposas.

—Una casa así no se la puede comprar cualquiera —le dijo a su reflejo en el espejo.

Y poco a poco, de aquel rostro emergió una sonrisa y la cabeza se le ladeó hacia la derecha, como en la foto de la boda.

Al llegar al bajo, abrió la puerta empujándola con el hombro y salió con fuerza hacia el jardín con la sonrisa congelada en la boca, los ojos brillantes, sin percatarse del olor a frito que había dejado en el ascensor.

Instrucciones para un encuentro

Lo estás haciendo muy bien. Sonríe, aunque realmente tengas ganas de llorar. Sonríe, la vida te va muy bien sin él. En este año en el que no te ha vuelto a llamar, tú ya eres otra.

Los latidos que sientes en la garganta, disimúlalos con una tos. Mueve las piernas para que no se note que se te han puesto a temblar al encontrártelo en la calle.

Ante todo, no le mires a los ojos.

Has empezado bien. Bravo.

Esa cara de sorpresa al verle, como si no siguiera estando en tu mente las veinticuatro horas del día, como si no te doliera su ausencia como aquel cólico que sufriste una vez, como si no lo buscaras, a la izquierda, a la derecha, cada vez que sales a la calle, como si te hubieses acordado de él en el mismo instante de verlo. No antes. No durante todo el día. Solo en ese momento, oh, qué sorpresa.

Mírale con cara de: ¿Qué es de ti? ¿En qué olvidado rincón de mi mente estabas?

Tranquila, no se notan los latidos, lo estás haciendo muy bien. Eres una mujer madura, no una adolescente. Ahora tienes que mirar el reloj, que vea que tienes prisa, que alguien te espera en algún sitio.

Mírale como se mira a un hombre casado que pasea del brazo de su esposa, como se mira a un conocido de quien no recuerdas el nombre, a un cuñado de alguien, a un primo segundo, a un vecino del tercero, a un compañero de clase de la infancia. Como si fuese gente. Mírale levantando las cejas, simpática, dando sin esperar nada. Muéstrale una simpatía de ONG.

Recuerda: él no es el hombre con el que sigues imaginándote en todos esos lugares idílicos que ves en las webs de las agencias de viaje. No es la persona que aparece en tus sueños paseando junto a ti al anochecer por las callejuelas del barrio de Alfama... No es con quien sueñas despertándote en una amplia cama de sábanas blancas de un caserón de la Toscana... Mira, se ven los viñedos desde aquí, te dice mientras te abraza por la espalda.

Borra esa imagen.

No, no es él.

Recuerda:

No-es-él.

Y no le mires a los ojos.

Te pregunta cómo estás, respondes que estás a tope, con muchos proyectos, sin poder llegar a todo... Le dices que se te pasan los días volando, sin tiempo para pensar demasiado, la verdad.

Ya sabes, sigo loca como siempre, dices. Y ríes.

Has metido bien ahí esa carcajada. Eso es. Eres feliz sin él. Y sigues siendo divertida. No eres la mujer que le suplicó llorando que no te dejara. No eres la mujer que ha pasado dos años de su vida siendo su amante. Siempre esperando. Siempre esperando algo más.

No te has quedado anclada en el pasado, en los mensajes románticos, en las llamadas eternas en las que ninguno quería colgar, en la humedad de vuestras bocas, en el sudor de vuestros cuerpos... Eres otra. Que se note.

Estás quedando muy digna.

No lo hagas. No mires de reojo su pecho, no veas el pelo que asoma junto al último botón cerrado de su camisa, no te recuerdes con la cabeza apoyada ahí, desnudos los dos sobre la cama después de hacer el amor.

No recuerdes el olor de su piel.

El olor de su piel.

El olor de su piel.

No. No cierres los ojos para degustar los recuerdos, para regocijarte en ellos.

No recuerdes aquella vez que apareció por sorpresa, aquella mirada suya al verte. Aquel brillo. No, no lo hagas.

No recuerdes ese reloj en su brazo desnudo mientras lo abría para que apoyaras tu cabeza bajo sus alas. En ese nido.

Aparta de tu mente esas imágenes, apártalas como se aparta una mosca insistente que te incomoda en verano.

Fuera.

Ha estado muy bien salir con eso de que tienes el cuerpo un poco cansado de tanta vida social, que últimamente no paras, que tienes ganas de estar un día sola en casa, sin tener que atender a nadie. Pero que, claro, siempre llama alguien, alguna amiga, algún amigo, y al final... pasa lo que pasa.

Así es, miente.

Te veo bien, te ha dicho. Estás muy guapa.

Cuidado. No flaquees.

Quizá quiera comprobar si sus palabras todavía tienen algún efecto en ti, si sigue teniendo algún poder. No se lo demuestres. Solo agradéceselo y ríe de nuevo. Muéstrale tu mejor sonrisa. Ni se te ocurra decir, mientras te arreglas el pelo con los dedos, que no te ha pillado en el mejor momento, que tienes que ir a la peluquería. No digas nada, solo créetelo, créete que estás muy guapa, mírale con la fuerza que te da creértelo.

Estira un poco la camiseta, alarga ese escote. Saca pecho para que la piel se tense, para que no aparezcan surcos en tu escote.

Arriba. No te derrumbes, no hagas el ridículo, no acabes, como en la última llamada, suplicándole que os veáis. No le pidas nada por favor. Con él no uses las palabras *por favor* ni *lo siento.*

Recuerda:

Te abandonó. Te rechazó. Desapareció. Se olvidó de ti.

No olvides que te dolió más que el cólico nefrítico que sufriste dos meses antes de que te dejara.

Recuérdalo, es tu dignidad. Tu orgullo. Ante todo, no des pena.

Piensa que tendrá ya otra amante. Una amante con un escote sin surcos, seguramente. Quizá la tenga desde el día en que te dijo: Será mejor darnos un tiempo. O antes.

Ríete. Sí, ríete por dentro. Cómo no te vas a reír. Será mejor darnos un tiempo. Ni para abandonarte fue original. Te despidió con una frase de todo a cien. Recuérdalo, no te ablandes.

Le preguntas cómo está. Te dice sonriendo que muy bien, y ese *muy* te sienta fatal, como un disparo al riñón. Disimúlalo. No demuestres que te hubiese gustado escuchar de su boca que no está mal, pero que últimamente, en este año sin verte, las cosas le van un poquito peor, la vida es más triste, le falta algo.

Le faltas.

Te hubiese gustado escuchar: Me faltas. Te echo de menos.

Pero le va muy bien. Muy. Y ese muy está demasiado afilado.

Pero no te vas a enfadar. Eso es, no te enfades.

Sí, se te ve bien, le respondes mirándole a los labios. No te recuerdes mordisqueándolos, metiendo la lengua en su boca, no recuerdes el sabor de vuestras lenguas reconociéndose primero y peleando una contra la otra después, como dos anguilas luchando en el mar.

No le mires las orejas. No le mires las patillas.

Tu lengua lamiendo su oreja, jadeando en su oído. No lo recuerdes.

Su mano entrando en tu pantalón, abriéndote la bragueta. Sus dedos. Esos dedos buscando con ansiedad que comiences a arquearte.

¿Estás bien?, te pregunta.

Cierras la boca, te das cuenta de que la tenías abierta.

Hace ya un año de aquellos susurros, de aquellos roces, de aquellos olores. Hace un año de aquellos tirones que le dabas en el pelo mientras su cabeza buceaba entre tus muslos. El olor de tu sexo en su boca cuando te besaba.

¿En serio no se le ha quedado nada de todo aquello en la memoria?

¿En serio te acaba de preguntar por tus piedras en el riñón?

No, no te veas de repente con el camisón azul del hospital, ese antídoto de la lujuria. No dejes que te vea así.

Le dices que te las destruyeron. Te hicieron una litotricia. Y comienzas a explicarle en qué consiste la prueba.

¿De verdad se lo vas a explicar? Controla tus nervios. Te hacen hablar sin pensar.

Le cuentas que la palabra viene de *lithos*, piedra en griego, y de *terere*, triturar en latín. Se trata de triturar las piedras, de fragmentar los cálculos renales mediante ondas de choque. Las ondas hacen que las piedras se desintegren y acaban expulsándose a través de la orina en forma de arenilla.

No te gusta la conversación. Te hace mayor. Es como hablar de pegamento para la dentadura. Es como hablar de incontinencias de orina. De cuellos que comienzan a arrugarse.

Lo último de lo que quieres hablar con él es de cálculos que se expulsan cuando meas.

¿En serio se acuerda más de tus piedras que de tus pechos?

No, no te lo preguntes. No te preguntes por qué

te habla como a cualquier otra conocida que se puede encontrar en la calle. ¿Qué tal de lo tuyo? Esas frases hechas. Esos lugares comunes.

Convéncete de que no tiene nada que ver con tu vida. Es pasado. Y tú eres pasado para él. Piensa que habría que hacerle la prueba del carbono catorce para encontrar algún rastro de ti en él. Alguna pequeña piedra tuya en su riñón.

Pero no te enfades por ello. No hables desde el estómago, menos desde tu castigado riñón. No muestres tu debilidad.

Al contrario, tu sonrisa es tu venganza. Por haber sido tan egoísta. Por haberte usado como un capricho. Por no haber pensado ni un segundo en tu dolor.

Sonreír. Es lo único que tienes que hacer. Tienes que salir victoriosa, tienes que ser la primera en despedirse. No dejar que sea él quien te despida, eres tú la que tiene prisa, la que tiene una vida que te espera en algún sitio. La que mira al reloj y se va.

Será mejor darnos un tiempo.

No, quítate de encima esa frase de una vez, sácatela del esófago, quítate ese ardor que lleva un año subiéndote por la garganta.

Un tiempo, un tiempo. ¿Cuánto es un tiempo?

No te enciendas, no dejes que salga el reflujo, no intentes recordar todo lo que le has insultado en sueños. Ni siquiera se merece palabras tan gruesas. Mejor dile: eres un sinsorgo, eres un insustancial. No te mereces a alguien como yo.

Pero, sobre todo, recuerda:

No le mires a los ojos.

No le mires a los ojos.
No
le mires
a los ojos.
Le miras a los ojos.
Te fulmina.
Te quedas en silencio.

Intuyes que va a decir algo para despedirse, pero le cortas violentamente: ¿Te gustaría tomar un café?

Lo dices muy rápido. Es como si no lo hubieses dicho tú. Te muerdes la lengua. ¿Lo has dicho? ¿Realmente lo has dicho?

Le ves levantar la muñeca para mirar su reloj.

No.

Tienes que reaccionar antes de que vuelva a alzar la mirada y te responda. Rápido. Pon la mano en tu pecho. En tu corazón. No dejes que las ondas de choque que van a salir por su boca lo alcancen y lo desintegren.

No dejes que lo conviertan en arenilla otra vez.

No soy yo

Risas infantiles y ruido de motores. Columpios y coches. Una hilera de autos detenidos en la carretera que pasa junto al parque. Un policía municipal, con el brazo en alto, les impide seguir su camino. Un auto rojo, otro verde, otro azul, uno detrás de otro. El sol quita el polvo del invierno a los colores y reviven. Las luces rojas de los frenos, los jerséis azules y verdes de los niños que resbalan por el tobogán, el vestido blanco de la niña que se columpia... parecen brochazos de pintura. La escena se parece a los coloridos dibujos que trae Ander de la escuela.

Le he llamado por cuarta vez. Ni caso.

Cuando elegimos el nombre de Ander —finalmente Ander, tal y como quería su padre—, sabía que habría de repetir ese nombre muchas veces, pero nunca había pensado que tantas. Durante la época en que estaba embarazada, cuando todavía trabajaba en el taller de restauración de arte con Merche, me venían a la cabeza nombres de pintores famosos. Primero pensé en llamarle Pablo, por Picasso; y luego Leo, por Leonardo da Vinci. Pero Joseba me preguntó si quería marcar al niño desde pequeño, y dijo que era mejor que nuestro hijo fuera normal y no especial.

—Itzi, dejémosle ser normal, ¿vale?

Normal. Por si acaso. No fuera que con alguno de aquellos nombres tuviese la tentación de seguir los pasos de su madre. Para Joseba ser normal es trabajar en una sucursal bancaria sin llamar la atención, como él; y luego están los otros: la gente especial, las personas raras que se dedican a restaurar cuadros viejos, como yo, por ejemplo. Hace cuatro años, cuando me convenció para dejar mi trabajo, me dijo que lo mío no era exactamente un oficio. «No es un trabajo-trabajo», me dijo.

Le llamo por quinta vez.

—Ander, el plátano... —Mi voz se ha perdido entre los gritos de los niños y el ruido de los motores.

De repente me mira. Y en ese momento me veo reflejada en sus ojos, sentada en el banco de un parque pronunciando sin ninguna convicción una palabra tras otra con medio plátano en la mano derecha. Mi brazo parece de plástico, quieto como el de un maniquí. Y pienso que no es un plátano, es una antorcha olímpica que me ilumina como a una Virgen de Caravaggio. Una luz que descubre y desvela que estoy en un parque, pero lejos de él. Porque aunque parece que miro a mi hijo, mi vista va más allá del tobogán al que se ha subido. Mi alma vuela hasta donde los coches esperan alguna señal del policía y escupen su impaciencia por los tubos de escape, brum-brum, y se mete en un coche rojo.

En su interior hay una mujer. Peina de vez en cuando con los dedos su melena y mueve la cabeza de un lado a otro, meciendo ligeramente su cuerpo. Parece que canta, que sigue el ritmo de la música. En sus movimientos no se aprecia la impaciencia del resto de los conductores.

Mi hijo se lanza, veloz, por el tobogán, escapando de la aburrida y estática imagen de su madre. La mujer de la mirada perdida y el plátano en la mano. Estiro la mano izquierda y la miro. Abro y cierro los dedos. Miro la sombra que mi mano produce en el suelo. Me gusta mirarme las manos, sobre todo cuando empieza a hacer bueno y el sol las ilumina. Abro y cierro los dedos. Parece que despierten de una larga hibernación tras el duro invierno.

Recuerdo estas mismas manos manchadas de pintura dirigiendo sin temblores el pincel o el bisturí hacia el lienzo. Sin darme cuenta, han pasado años desde la última vez que me remangué para meterme a restaurar un cuadro o a pintar. Ahora estas manos cogen otras cosas, no pinceles ni bisturís, sino plátanos, por ejemplo. Tengo ganas de abrir los dedos, pero medio plátano me lo impide. Los dedos se hunden en la fruta madura. Igual que en un tiempo el pincel se hundía en la pintura de la paleta, pero más hondo.

—Ander, el plátano...

—No quiero.

En el coche rojo, la mano que revuelve la melena se dirige ahora al asiento del copiloto. Coge algo, un teléfono. La ventanilla automática se abre y una carcajada salta al aire. Ligera. A pesar del atasco. Indiferente a él. Aprovechándolo para hablar. Con la tranquilidad de quien sabe que en algún momento saldrá de allí, que no hay atasco que dure una vida.

No sé por qué me empeño en que coma plátanos si nunca los termina y acaban convirtiéndose en una extremidad más de mi cuerpo. Sería más fácil hacer lo que hace su padre los fines de semana que le toca el niño. Olvidarse de la fruta y darle todas las porquerías que pide. Su padre son los chocolates, las chucherías, el McDonald's. Y su madre es medio plátano que se hunde en unos dedos prisioneros. Una mujer que se parece a una cucharilla manchada de miel, pegajosa, que te deja preso si la tocas. Debe de ser estupendo ser padre sin que se te pringuen las manos de plátano.

El policía municipal da paso a una grúa que avanza con dificultad entre los coches. Parece que el problema es un coche que se ha quedado parado en medio de la carretera, un coche que estorba, igual que a Joseba le estorbaban en el trastero mis cuadros de la época de Bellas Artes.

—Itzi, estos cuadros, igual los tiramos, ¿no? Aquí estorban un poco...

Quité los cuadros para dejar sitio para sus bártulos de pesca.

En el interior del coche rojo, la mano de la mujer mueve el espejo retrovisor que hay sobre su cabeza, pero no para ver la hilera de coches que tiene detrás, sino para mirarse a sí misma. He visto unos ojos grandes reflejados allí.

He vuelto a rendirme. Siempre acabo comiéndome la mitad de plátano que sobra. Me paso una toallita húmeda por los dedos pero aún huelen a plátano. Como los fines de semana en que a Ander le toca con su padre, cuando salgo a tomar algo con Merche y, aunque me perfumo, me parece que huelo a niño, a leche, a galletas María.

Y es difícil ligar así, aunque Merche me repita una y otra vez que estoy estupenda, que estamos estupendas, que estamos como para quemar juntas la ciudad. Ja. Eso dice Merche. También dice que tendríamos que volver a trabajar juntas, que aunque en los últimos años la mayor demanda ha sido para restaurar piedra —portadas de iglesias, sobre todo—, ahora cada vez piden más restauraciones de lienzos y que no hay nadie como yo restaurando cuadros.

—Itzi, no hay nadie como tú para eso...

Estudiamos juntas Bellas Artes en Bilbao, y luego hicimos la diplomatura de Restauración en Madrid. Le digo que yo ahora no puedo andar de aquí para allá, por mi hijo. En aquella época sí, podía pasarme un mes en Madrid restaurando un cuadro del Prado, o en Barcelona, o en Roma... Ahora no. La mayoría de los cuadros no se pueden mover de los museos en los que se encuentran, y yo me he convertido también en algo parecido a un viejo cuadro que no puede ser trasladado a otro lugar. Le digo a Merche que quizá debería probar a reciclarme como profesora, por ejemplo, pero ella que no, que lo mío es la pintura, y que una cosa es hablar de pintura y otra muy distinta meter la mano en la pintura, mancharse las manos.

—Y te digo más, Itzi, tú más que restauradora eres pintora, una pintora de verdad, y lo sabes. ¿Dónde tienes aquellos cuadros de tu época de Bellas Artes, el de la mujer que gritaba y esos? Deberías volver a pintar.

Y yo le digo que hay muchas cosas que debería volver a hacer antes de que se me olvide cómo se hacen.

—¿Echar un buen polvo, por ejemplo?

Cuando Merche empieza a decir de las suyas, explotamos, y nos reímos a carcajadas. Y nos encendemos, nos metemos una botella de vino en la cena, brindamos por lo buenas que estamos todavía y luego vamos a la discoteca y nos movemos, miramos alrededor, pero aunque llamemos a los tíos con los ojos nadie nos mira como en otras épocas, o nos miran sin vernos. Como me mira mi hijo cuando le llamo para que se coma el plátano. Como me han mirado desde el otro lado de la mesa en las últimas entrevistas de trabajo. Y acabamos las dos sentadas en alguna butaca de la discoteca con un trago en la mano cada una, con el brazo como de plástico, quieto, tenso. Con una antorcha olímpica que nos ilumina, que nos descubre, nos delata. Y entonces me gustaría soltar el trago de la mano y abrir y cerrar los dedos bajo la luz intermitente de la discoteca.

Es difícil ligar cuando en tu bolso en lugar de un tanga de emergencia llevas toallitas húmedas y unos calcetines de niño.

Miro al cielo. Más allá de los altos árboles del parque, el cielo, azul. Una línea blanca lo cruza. Los destellos plateados de un avión me hacen suspirar. No sé por qué. Quizá porque me imagino allá arriba, lejos, en ese espacio de nadie donde no hay atascos. Y ya no oigo el ruido de los motores. No oigo las risas infantiles. Todo se ve lejos desde un avión, los problemas son miniaturas que se esconden bajo blancas y esponjosas nubes. *Tea or coffee, please.* La única decisión importante que se puede tomar en un avión es si beber café o té.

Aquí abajo, sin embargo, cada decisión te encierra en una celda más profunda. Es una llave más que, en lugar de abrir puertas, las va cerrando a tu espalda. Portazos que producen corrientes de aire en tu nuca. Y el cielo azul se convierte de repente en un cielo oscuro mareante, como los de Van Gogh. Y tomas las decisiones, sea separarte o dejar tu trabajo, como drogada, como si alguien decidiera por ti.

Parece que la grúa ha logrado enganchar el auto que impedía el paso. Y la fila de coches comienza a moverse. Poco a poco.

—Ander, el zumo.

Ni caso.

Veo un brazo que sale de la ventanilla del coche rojo. Se oye música, y unos dedos de mujer siguen el ritmo contra la chapa del coche. Libres. Como si viajaran en avión. *Tea or coffee, please.*

El policía agita los brazos dándole paso. El coche rojo arranca. Pero eso que arranca no es un coche. Eso soy yo, alejándome y llevándome todos los colores conmigo.

Fresas de invernadero

Y, en ese momento, la chica de bata blanca se pone unas gafas oscuras, como si fuera a soldar algo ahí abajo, en tu entrepierna.

Antes de que esto ocurra, te ha preguntado por el tipo de depilación que quieres: línea de bikini, bikini francés, brasileña clásica, pista de aterrizaje... La pista de aterrizaje es la brasileña tipo tira, te ha aclarado, al ver que te quedabas muda. Te ha dicho que también tienen la completa pero que, teniendo en cuenta de dónde partimos (lo ha dicho en plural como para mostrarte su solidaridad), te recomienda empezar por una línea de bikini normal, lo que es un rectángulo de toda la vida.

Cuando te cantan el menú del día en el restaurante del parque tecnológico en el que trabajas te quedas igual, pensativa, indecisa. También entonces, cansada tras toda la mañana decidiendo cosas en la soledad de tu despacho, esperas que el camarero te recomiende algo especial, lo que te conviene elegir, que te quite por lo menos esa responsabilidad, ya que no te puede quitar las otras. Aunque es verdad que cuando llevas los pantalones puestos todo parece más digno, incluso que elijan por ti.

Le haces caso. Empecemos por algo clásico, le has dicho con determinación, para creerte que lo estás decidiendo tú, intentando olvidar que estás recostada en ropa interior en una camilla cubierta por un mantel de papel que te recuerda al del menú del día y que llevas unas tiras de papel metidas en los dos laterales de las bragas como si fueras un servilletero.

Ha cogido entonces un rotulador, una regla, y, tras retirar tu braga primero por un lado y luego por el otro, ha marcado en tu poblado pubis dos líneas paralelas, como si fueras un plano de los que despliegas en tu despacho, para no salirse al afeitarte. ¿Afeitar? Sí, te ha aclarado que primero hay que afeitarte. La depilación láser se hace sobre la zona afeitada, te ha dicho, como sorprendida de que no lo supieras. Como extrañada de que, a tu edad, no hayas tenido anteriormente ninguna experiencia de depilación láser en alguna zona de tu cuerpo.

Mientras marca la zona, piensas que es normal que se haya mostrado solidaria, hace años que no cuidas tu jardín secreto, desde que tu deseo sexual se evaporó como por arte de magia. Cómo ocurrió, no lo sabes muy bien. Primero fueron los embarazos, los partos, la teta que echa leche, las noches sin dormir... Años de fatiga extrema en casa y fuera de ella, con la exigencia de ser perfecta en un equipo directivo en el que has sido siempre la única mujer. Has vivido los últimos años olvidándote de tu cuerpo, de tu sexo, de tus deseos..., atendiendo a meriendas, informes técnicos, balances, llamadas al pediatra, directrices para el personal de la empresa bajo tu mando...

Quizá por eso se terminó lo vuestro. Os olvidasteis de vuestros cuerpos, él también volcado en su trabajo entre semana y en sus salidas al monte en bici los sábados y domingos. La vuestra ha sido una separación indolora, como la depilación láser, una separación ordenada, deseada por las dos partes, como programada en un despacho del parque tecnológico. Una separación marcada previamente con rotulador.

Lleváis un año separados tras más de veinticinco de relación, y cuando te has visto sola, con los niños que entran y salen de casa con su propia llave, que pasan una semana contigo y otra con él, de repente, en esas noches de soledad en la cama y en esos momentos en los que te ves desnuda frente al espejo del baño, algo se ha encendido en ti. No ha sido realmente un impulso sexual, el deseo por alguien concreto, lo que te ha llevado a pensar que estás todavía a tiempo de gozar de tu sexo con un hombre o, quizá, con una mujer, por qué no. Realmente el detonante ha sido la atención. Poner, por fin, atención a tu cuerpo y encontrarte, por sorpresa, una cana en el pubis. Ponerte las gafas y ver un pelo fuerte, blanco, que sobresalía sobre todos los demás, como el gnomon de un reloj solar. Marcando el tiempo que te queda. Ha sido una señal.

—¿Qué más hacéis?

La chica se ha sorprendido por tu pregunta.

—¿De depilación?

—No, de todo, de decadencia en general.

Y te suelta, como si estuviera largando el menú del día:

—Mesoterapia facial, bioestimulación facial, ácido hialurónico inyectable, radiofrecuencia, luz pulsada, colágeno, rejuvenecimiento de escote... Eso para cuello y facial. Luego tenemos también más servicios para el tratamiento y la remodelación corporal, por si te interesa.

—Me hago todo eso y salgo de aquí como si tuviera veinte años —has bromeado.

—Esa es la idea —te ha dicho, seria, y te preguntas cuándo se depiló el sentido del humor.

Y, en ese momento, ahora sí, se pone unas gafas oscuras, como si fuera a soldar algo ahí abajo, en tu entrepierna.

El sonido de los disparos te recuerda a aquellos aparatos para electrocutar a las moscas que se ponían en algunos bares en los ochenta. Miras alrededor para olvidar la imagen de las moscas chamuscadas y te fijas en los pósteres que llenan la cabina. En ellos aparecen mujeres con la piel de melocotón, con glúteos perfectamente redondos, como manzanas, que salen por debajo del bikini, con pechos firmes como las peras conferencia cuando están verdes. Mirándolas te has acordado de que tienes que comprar fruta al salir de allí.

¿Para quién te estás depilando el pubis? Realmente, no lo sabes. No hay una persona concreta que te guste. Este año has salido algún día con una amiga, también separada, aunque desde hace más años que tú, pero todos los hombres que se os han acercado te han parecido viejos abandonados por sus esposas, casados que buscan meterla por donde no les dejan en casa, pesados de toda la vida que lo intentan por inercia, acomplejados que se las dan de intelectuales, necesitados de que alguien admire su inteligencia y los adule... En definitiva, desecho de tienta. No te ha apetecido tener sexo con ninguno.

Pero quieres recuperar el deseo, no sabes muy bien si el tuyo o el que pueda sentir alguien por ti. Que alguien se derrita al verte desnuda. Quieres acoplar tu cuerpo a otro cuerpo y cabalgar. Sin las riendas de los sentimientos, sin la preocupación por si te quiere, sin pensar en las consecuencias. Hace tiempo que no puedes quedarte embarazada. Hace tiempo que tampoco puedes quedarte atrapada. Quieres sentirte deseada, que alguien te coja los pechos con las manos abiertas y te mire como se mira a una diosa. Quieres que alguien te adore. O, más que eso, quieres excitarte mirando tu cuerpo desnudo mientras alguien lo adora. Quieres verte en un póster y que te miren. Y para eso, no hay duda, necesitas por lo menos una brasileña clásica.

La sesión se te ha hecho más corta de lo que pensabas.

Has pagado por adelantado las sesiones que te faltan, convenciéndote de que no es un gasto, sino una inversión, y has salido del centro con un folleto en la mano. Allí se recogen más servicios: eliminación de celulitis, presoterapia corporal, reafirmante de glúteos, eliminación de estrías...

Te miras en el reflejo de los escaparates, miras a las personas con las que te cruzas. Parece que no te ven. La última vez que salisteis, volviendo a casa de noche tu amiga te dijo que estáis las dos ya en una edad en la que solo os silba la olla exprés. Y reísteis a carcajadas. Pero todo eso era antes de que descubrieras lo que cuenta ese folleto que aprietas fuerte en tu mano.

Entras en la frutería. Te llaman la atención las fresas, envasadas en cestas de medio kilo.

—¿Ya es temporada? —le preguntas a la frutera.

—Ahora siempre es temporada. Ahora están buenas todo el año.

No le has respondido. Ni siquiera has escuchado su respuesta, absorta como estás admirando las curvas, el color, la increíble perfección de las fresas tras el plástico.

Tu mano aprieta cada vez más fuerte el folleto, tanto que, sin darte cuenta, te estás haciendo daño.

Reiki

No puede verle comiendo carne. Le da asco. Por eso no come ya con Lander. A Gema se le revuelven las tripas al pensar las consecuencias que puede tener en el organismo de su marido ingerir tanta carne roja. Le quiere, y no puede evitar sufrir pensando en los atascos de colesterol que pueden producirse en sus venas y sus arterias.

Cuando no come un menú fuera, Lander llega a almorzar a las dos, y para las tres ya está de vuelta en el trabajo. Compra comida precocinada, congelados, platos para preparar en pocos minutos, no tiene tiempo de cocinar nada. Es dueño de una tienda de muebles de oficina, y si no tiene que ir a acompañar a algún montador —no se fía de ellos, dice que siempre le montan algo mal—, tiene que ir a presentar un presupuesto a un cliente o al ordenador a darle los últimos retoques al diseño de alguna oficina. Tiene mucho trabajo, y no porque haya más pedidos que antes —han bajado bastante en el último año—, sino porque con la crisis se ha visto obligado a despedir a la chica que le ayudaba con los temas administrativos y ahora es él quien hace las declaraciones trimestrales del IVA, las facturas, las nóminas... Con lo que también le toca trabajar muchos fines de semana.

—No puedes vivir así —le dice Gema—. Te va a dar algo.

Una dieta totalmente desequilibrada e insana, estrés y nada de ejercicio físico. El cuadro que presenta Lander tiene a Gema realmente preocupada.

—Los autónomos no enfermamos nunca, ¿no sabías tú eso?

—Pero deberías cuidarte un poquito al menos...

—No querrás que empiece a tomar yo también alpiste, ¿no?

Lander se refiere al muesli que Gema se toma con el yogur. Para Lander, todo lo que Gema compra en la tienda ecológica son alpistes o hierbas o jarabes para enfermos. Todas le parecen medicinas o comida para animales: la mermelada de alcachofa, las hamburguesas de soja, la sopa de maíz...

Gema come a las tres, casi siempre con la ventana de la cocina abierta para que se vaya el olor del filete de ternera o del sanjacobo que se ha comido allí Lander unos minutos antes. Trabaja desde hace cinco años en la oficina de atención ciudadana del Ayuntamiento, sale a las dos, y si bien al principio se iba directamente a casa a comer para poder así aprovechar la tarde, ahora no va directa ni corriendo. Desde que decidió cuidar su cuerpo, su mente y su alma, al salir del trabajo da un paseo por el parque para oxigenar los músculos, relajar los ojos, y, sobre todo, evitar comer con Lander. No puede verle haciéndose el harakiri.

Desde que consiguió el puesto en el Ayuntamiento —después de mucho esfuerzo y muchas horas dedicadas a aprobar las oposiciones— trabaja solo de mañana y tiene toda la tarde libre. No tiene hijos que recoger del colegio ni perro que sacar a pasear, y no tiene marido hasta las nueve de la noche. Y lo que al principio le pareció una gran ventaja —¡toda la tarde libre!—, pronto se convirtió en un problema.

El psicólogo le dijo que quizá el cambio había sido demasiado brusco y por eso se sentía tan angustiada. Durante los años que estudió para la oposición no tenía tiempo para nada, trabajaba mañana y tarde en una oficina y estudiaba por las noches. Y, de repente, disponer de tanto tiempo para ella sola en lugar de proporcionarle tranquilidad y paz le creó ansiedad por no saber a qué dedicarlo.

Al principio hablaba consigo misma, pero al final ni siquiera eso. No encontraba pensamientos en su cabeza, solo un *zapping* de imágenes, una imagen tras otra, sin sentido. No se concentraba en nada. Se sentía vacía. Así se lo dijo al psicólogo.

—Me siento vacía.

—No estás vacía, lo que ocurre es que tienes que aprender a mirar hacia dentro, nada más. ¿Has probado la meditación?

Fue el psicólogo quien le dio la primera pista. Se apuntó a un curso de meditación y descubrió un nuevo mundo, un mundo en el que mente, cuerpo, alma y naturaleza podían vivir en armonía. A partir de entonces ha hecho cursos de yoga, de taichí y es consciente de la importancia de cuidarse, de mantener el equilibrio, de vivir el presente y de saber valorar lo que se tiene. Actualmente no está apuntada a ningún curso, pero todas las tardes hace ejercicios de yoga-pilates en la Wii que compró Lander para jugar los domingos, y pasa horas leyendo artículos de medicina alternativa, preparando el menú vegetariano del día siguiente, alimentando con leche el kéfir que tiene en un bol en la cocina, cuidando las plantas del balcón, haciendo la compra en la tienda ecológica o respirando profundamente con las piernas cruzadas sobre la alfombra del salón. Desde que se dio cuenta del placer que le da cuidarse, todo es diferente para Gema. Finalmente, ha encontrado la llave de su felicidad, de su bienestar. Y frente al renacer de su cuerpo, cada vez ve con más claridad la destrucción y el cataclismo que se está produciendo en el cuerpo de Lander.

—Me duele un montón aquí detrás —le dice Lander antes de acostarse.

—Pinchazos, ¿verdad?

—Sí.

—Es el hígado, está pidiendo auxilio. ¿Y si te pongo una cataplasma de barro?

—No sé para qué te digo nada. He estado cargando muebles, habrá sido un mal gesto, una contractura.

—¿Sabes que es posible curar con las manos?

Vio por primera vez el anuncio en la tienda de productos ecológicos: Curso intensivo de reiki. Tres fines de semana. El cartel estaba firmado por el centro Al Alba. En el mismo centro se ofertaban cursos de taichí, yoga, meditación, reiki y biodanza. Gema no conocía el centro, se encontraba en un barrio nuevo de la ciudad, y desde que vio el anuncio pensó que quizá sus manos podrían salvar a Lander.

Al abrir la puerta del centro Al Alba escucha un

tintineo y siente el olor del incienso. Un hombre aparece detrás de una especie de mostrador. Tiene cara de niño, a pesar de que tendrá su edad, por encima de los cuarenta, y en su rostro y en su forma de moverse queda el rastro de alguien que fue muy atractivo.

—¿Lo has hecho alguna vez? —le pregunta con un papel que anuncia el curso en la mano.

—¿Reiki? —le responde Gema intentando escapar de su mirada penetrante.

—Sí.

—No, he leído algo, pero...

—Dame la mano.

Gema le ofrece la mano y el hombre la toma entre las suyas. Gema está incómoda, nerviosa. Piensa que querrá comprobar si sus manos sirven para el reiki.

—Tienes unas manos preciosas... El curso es de tres fines de semana y lo impartimos en nuestra casa rural. Empezamos el viernes... Perdona, mi nombre es Gorka. —No suelta su mano hasta terminar de hablar y Gema se pone más nerviosa al sentir que suda entre los dedos.

Se ha apuntado. No ha tenido mucha opción de elegir. Con su mano entre las de aquel hombre no ha podido inventar ninguna excusa. A pesar de que solo puede pasar tiempo con Lander los fines de semana, su mirada la ha embrujado y ha pagado sin rechistar, con tarjeta, usando el datáfono que ha aparecido como por arte de magia de debajo de un tapiz con bordados de elefantes sagrados.

—Pues yo este sábado tengo cena en la sociedad —le dice Lander cuando le cuenta que se va a pasar el fin de semana fuera, en un curso.

—Cuidado con el alcohol...

—¿Qué quieres, que beba leche de soja con la chuleta?

—No tiene gracia, Lander, teniendo el hígado como lo tienes...

—Cuidado tú con las hierbas que te den en esa casa rural.

Lander no es amigo de médicos, y no se ha hecho análisis de sangre desde hace mucho tiempo, pero Gema ya sabe que tiene algo, alguna enfermedad hepática, se lo puede ver en el blanco de los ojos. Sabe, por sus lecturas de artículos médicos, que cuando el blanco del ojo se pone amarillo es señal de que hay alguna alteración hepática.

—Ese hígado está sufriendo, Lander.

—Hay mucho sufrimiento en el mundo, Gema... Deja mi hígado en paz.

—Si por lo menos comieras un poco mejor... ¿Por qué no vienes un día conmigo al centro? Preparan dietas personalizadas.

No hay manera de convencer a Lander. Es más funcional que los muebles de oficina que vende. Pero Gema no pierde su confianza en el reiki. Ya sabe que Lander no va a tomar ningún alpiste de los suyos, pero a su mujer va a tener que dejarle poner sus manos sobre su cuerpo. Ahí no va a tener escapatoria.

Gema ha metido poca ropa en la bolsa. Gorka le dijo que llevara prendas cómodas. Han quedado en el centro Al Alba el viernes por la tarde, para que Gorka las lleve a la casa rural en furgoneta. Se han apuntado cinco personas, todas mujeres. Se han mirado las unas a las otras mientras esperaban a las puertas del centro sin decirse nada. Hasta que ha aparecido Gorka.

Les dice que suban a la furgoneta y toma a Gema del brazo.

—Entra conmigo, alguien tiene que ir delante —le dice.

Las mujeres que viajan detrás empiezan a hacer preguntas nada más arrancar.

—Tranquilas, cuando lleguemos a la casa os lo explicaré todo —les responde, al tiempo que lanza una mirada cómplice a Gema. Esta le devuelve una tímida sonrisa.

Gorka no vuelve a hablar en todo el viaje. A Gema le parece que la mira de reojo de vez en cuando, pero no sabe si a ella o al espejo retrovisor que está a su derecha. Llegan en media hora.

La casa rural también se llama Al Alba, como el centro. Está apenas a un kilómetro de un pueblo pequeño. Las mujeres se reparten en dos habitaciones, en cada una de ellas hay tres camas. En la habitación de Gema ha quedado una cama libre. Gema mira por la ventana de su habitación y ve los montes y el campanario de la iglesia del pueblo. Deja las cosas en la habitación y vuelve a reunirse con el grupo para que Gorka les haga una visita guiada.

—En este segundo piso están todas las habitaciones —les explica.

Mientras les muestra la casa, les dice que antes de cenar harán una sesión preparatoria y les señala la habitación en la que practicarán reiki.

—En media hora nos reunimos aquí... Ropa cómoda, por favor.

Después pasan a la cocina y allí saludan a una mujer que da vueltas a algo dentro de un puchero.

—Ella es Laura.

Laura les sonríe pero no dice nada.

Mientras visitan el salón de encuentro y el comedor, Gorka les recuerda que en la casa no está permitido el uso de teléfonos móviles ni de ningún otro dispositivo que produzca ondas electromagnéticas. Luego salen al huerto. Allí hay otra mujer con las manos manchadas de tierra.

—Ella es Cristina.

Cristina les sonríe mientras levanta del suelo un cesto lleno de verduras.

—Esto es todo lo que tengo, todo lo que soy... —dice Gorka señalando la huerta.

Se arrodilla para tocar la hoja de una lechuga y le pide a Cristina que se acerque:

—Cristina, por favor, ¿puedes recoger unas lechugas para la cena?

Media hora más tarde, Gorka aparece en clase con una especie de pantalón de pijama y camiseta de tirantes. Les pide que se pongan por parejas y cuando empiezan a buscarse, toma la mano de Gema. Otra vez. La ha elegido otra vez, como en la furgoneta. Las demás parejas se sientan frente a ellos. Gema está sentada en la colchoneta y Gorka se pone detrás de ella, posando las manos sobre su espalda.

Les explica que a través de las manos se puede transmitir la energía vital de un cuerpo a otro y que en el reiki no es solo importante la actitud de quien emite la energía, sino también de quien la recibe. Y al oír esto le han entrado dudas sobre la posibilidad de curar a Lander. Si depende de su actitud, difícilmente funcionará.

Gorka les pide que tapen con las manos los ojos de sus compañeras y cubre los de Gema con las suyas, abrazándola por detrás.

—¿Qué veis?

Les explica que es probable que vean colores, formas y destellos de luz, pero más que todo eso, lo que siente Gema es el olor a tierra de las manos de Gorka, y su olor a sudor, un perfume corporal que le ha parecido natural y agradable. Sumergida en el abrazo de Gorka, se siente en paz. Como un pájaro en su nido.

Les cuenta que todo lo que tienen alrededor es energía. Que el carácter sólido de lo que ven no es sino una ilusión, porque la percepción del ser humano es limitada. Que, sin embargo, todo está en movimiento, transformándose continuamente.

Les dice, además, que el reiki les permitirá compartir energía y amor de manera más libre.

—Somos amor —afirma con sus manos sobre los hombros de Gema—, y tenemos que romper las barreras que tenemos dentro y aprender a amar.

Gema ha salido de clase con energía renovada.

Más tarde, se reúnen en la cocina para cenar sobre una ancha mesa de madera. Se sientan también las dos mujeres que han conocido antes y un niño pequeño. Gema se pregunta si alguna de ellas será la pareja de Gorka. Ha estado atenta toda la cena pero no ha conseguido descubrirlo, Gorka ha estado cariñoso con las dos. En el centro Al Alba el amor está en el aire y lo acapara todo.

Les han preparado una dieta de desintoxicación y limpieza. Ensalada, sopa de cardo y té verde. Gema se ha pasado toda la noche escuchando los ruidos de su estómago, pero feliz, sintiendo cómo se limpia su cuerpo. Y junto con la limpieza hay algo más que la hace sentirse bien, aunque no lo quiera reconocer: la manera en que Gorka la mira.

—Hacemos nosotros el pan —les explica Gorka por la mañana, mientras desayunan.

Se han comido el pan duro untado en té. Ya le gustaría ver a Lander alguna vez comiendo aunque sea pan integral, pero sabe que es imposible. Lander desayuna galletas y cruasanes. Los parte y les pone mantequilla y mermelada, y, al comerlos, a veces dice cosas como que Dios existe. Y Gema mira aquella bollería industrial como si fueran granadas de mano, consciente de que una vez que te las comes te explotan dentro.

De vuelta a casa en la furgoneta, Gorka les ha explicado que han pasado el primer nivel del curso y que los dos próximos fines de semana practicarán el segundo y tercer nivel. Al llegar a la ciudad y antes de bajar de la furgoneta, ha vuelto a tomar la mano de Gema.

—De verdad que tienes unas manos bellas —le dice mientras las demás recogen las mochilas del maletero. Gema se ha escapado avergonzada, con su pequeña bolsa colgada del hombro.

Al llegar a casa, le ha faltado tiempo para probar con Lander todo lo que ha aprendido. Le ha pedido que se tumbe boca abajo sobre la alfombra y le ha puesto las manos sobre la espalda, justo en el sitio donde dijo que sentía dolor, junto al hígado.

—¿Y cuánto tiempo dices que tenemos que estar así? —le pregunta Lander sacando la cabeza de entre los brazos—. Me voy a quedar dormido.

—¿No sientes mi energía vital?

—¿Qué es lo que tengo que sentir?

—Calor.

—Bueno, sí, tienes las manos calientes pero...

—A ver, Lander, no estás abierto.

—¿Qué?

—Que no estás abierto, y si no estás abierto, pues será difícil que te llegue la energía, es imposible.

—Pero es que estoy destrozado...

Todas las noches, antes de acostarse, Gema ha intentado llevar a la práctica con Lander lo que ha aprendido. Pero no está siendo un trabajo fácil. Si no le da la risa, se queda dormido. A pesar de todo, a ella le sienta bien poner sus manos sobre la piel de Lander todas las noches, y aunque no lo reconozca, a él también le viene bien relajarse un rato tumbado. Hasta está recuperando su sentido del humor.

Gema prepara de nuevo la bolsa para marcharse el segundo fin de semana al centro Al Alba.

—¿Qué vas a hacer estos días? —le pregunta a Lander con sentimiento de culpabilidad por dejarlo solo.

—Tengo que preparar unas facturas. Iré a la tienda.

—No te olvides de echarle leche al kéfir.

—¿Me vas a dejar solo con ese cerebro? —le dice con cara de horror—. Si empieza a moverse, lo tiro por el váter.

—Y vas tú detrás.

Se han despedido riéndose, junto a la puerta.

Al llegar a la furgoneta, las cuatro mujeres se van directamente a la parte de atrás. Parece que asumen que el asiento delantero es para Gema. Gorka la saluda con una sonrisa y Gema también le sonríe, un poco menos avergonzada que la semana anterior. Durante el fin de semana será también su pareja en clase y se sentará junto a ella en los desayunos, comidas y cenas. Al igual que la semana anterior, allí están Laura y Cristina y el niño, y también otro hombre. Gorka le ha explicado en la cena que ha venido al centro a practicar meditación.

Tras la cena, Gema ha salido al huerto a coger un poco de aire, y en pocos segundos Gorka estaba a su lado. Miran los dos al cielo estrellado entre lechugas, tomates, acelgas y zanahorias. Gorka le toma la mano. Gema siente que no ha hecho otra cosa desde que la conoció. Se deja.

—Contigo siento una energía especial, más fuerte. Y esto me ha ocurrido muy pocas veces —le confiesa

Gorka sin rodeos, con la mirada que solo alguien que está dispuesto a dar y recibir amor puede mostrar.

—Yo también me siento como más fuerte después de las clases... —le responde Gema sin valor para mirarle a la cara y con el corazón latiéndole en el cuello.

En ese momento se abre la puerta de la cocina y aparece Cristina con la cesta en las manos. Al ver que Gema y Gorka están solos vuelve rápidamente a la cocina. Gema se pone nerviosa.

—Es hora de ir a dormir —dice, y se escapa.

Al entrar en casa lo primero que ha visto ha sido una bolsa de plástico con un cartón de pizza y unas latas de cerveza vacías, preparadas para llevar a reciclar.

—¿Qué tal tus dolores? —le pregunta a Lander, que está hundido en el sofá.

—Ahí andamos...

—Anda, túmbate.

Lander se tumba sobre la alfombra y esta vez no se queda dormido: después de pasar todo el fin de semana solo, recibe con gusto el contacto de las manos de Gema sobre su espalda. Tanto que en un momento dado se da la vuelta y toma las manos de Gema con las suyas y luego extiende su caricia hacia sus brazos, su espalda. Y junto con las caricias, poco a poco, le quita la camiseta, le suelta el sujetador, y Gema se deja hacer, con los ojos cerrados, como en trance. Le ofrece a su marido su cuerpo y su alma montada sobre él, con movimientos de serpiente. Con toda la fuerza del universo.

—Pues sí que has venido llena de energía —le dice Lander, tumbados los dos sobre la alfombra, mirando al techo—. A ver si me va a empezar a gustar esto del reiki.

—¿Y el dolor?

—¿Qué dolor?

Han reído a carcajadas. Gema ha pensado que, si fuese capaz de comer hamburguesas de soja, Lander sería perfecto.

Han practicado reiki todas las noches antes de acostarse, y todas las noches el reiki ha acabado en sexo. El reiki ha encendido algo en el cuerpo de Gema, algo que permanecía dormido desde hace mucho tiempo, una energía oculta que les está haciendo bien, tanto a ella como a él, y a la relación entre ambos.

En el último fin de semana del curso en la casa rural Al Alba, nada más comenzar la clase y notar las manos de Gorka sobre su espalda, Gema siente de nuevo esa sensación tan placentera de ser receptora y emisora de energía universal al mismo tiempo.

Gema espera alguna aproximación de Gorka, sabe que de un momento a otro se va a acercar a ella porque este fin de semana es el último que estarán juntos.

Esta vez, tras la cena, Gema no ha salido al huerto, pero cuando se ha levantado a retirar su plato al fregadero, Gorka se ha levantado con ella, y mientras tiraba los restos de comida al saco de hacer compost, él le ha dicho al oído:

—Ya sabes cuál es mi habitación. Si quieres, estaré esperándote...

Gema no le ha respondido, se le han endurecido todos los músculos, incluidos los de la cara, y no ha podido siquiera sonreírle. Siente calor en el estómago y en la garganta.

Tumbada en su cama, mirando al techo, nerviosa, comprueba que su compañera de habitación se ha quedado ya dormida.

Está nerviosa. Tiene el pensamiento atrapado en las últimas palabras de Gorka. Se siente mal. Piensa en Lander. Justo ahora, cuando su relación parece estar mejorando, cuando ha empezado a curarle con sus energías, cuando él más la necesita... No puede fallarle.

No, no puede fallarle. No puede quedarse dormida. Necesita llenarse de energía para seguir ayudando a su marido.

Se levanta de la cama y sale al pasillo de puntillas. La puerta de la habitación de Gorka está entreabierta. Acerca su mano a la puerta y, antes de tocarla, se abre sola, como empujada por alguna energía oculta.

Margaritas entre los dedos

(Primavera)

De vuelta del trabajo, con la barra de pan en las manos, caminas más despacio que otros mediodías, como si quisieras degustar profundamente el olor a azúcar quemado del viento sur que entra por tu melena. A pocos metros de tu portal, te paras y cierras los ojos intentando descubrir con urgencia cuál es el recuerdo que ese olor enciende en tu cabeza. Recuerdas el olor de la piel calentada por el sol, el de la cerveza que ha caído en tu ropa, ya seca. Te falta poco para atrapar el recuerdo, cierras los ojos con más fuerza y al final lo ves: estás tumbada sobre el césped del campus, después de la fiesta de fin de curso, posas tu cabeza en los muslos de un amigo y das vueltas entre tus dedos a una margarita que acabas de arrancar de la tierra hasta que un soplo de viento se la lleva.

Las nubes resbalan a toda velocidad por el cielo azul.

Abres los ojos y estás frente a tu portal. Vives aquí desde que tuviste el primer hijo, hace ya doce años, después de andar de un piso de estudiante a otro durante un tiempo. Para ti, tu casa actual es una casa más, pero para tus hijos es La Casa, con mayúsculas, no han conocido otra. A ti también se te olvida a veces que en un tiempo conociste otra vida, que no has sido siempre profesora de literatura en un instituto, que no has sido siempre madre, que no te has acostado siempre con el mismo hombre que te espera hoy en casa a comer..., pero, como todos los años, ha llegado el viento sur de la primavera a recordarte que alguna vez fuiste otra.

Buscas las llaves en el bolso, y en ese momento escuchas tu nombre, es la voz de un hombre. Miras a un lado y al otro, hacia atrás, y al final lo ves, en la acera de enfrente, sonriéndote, uno de los pocos fenómenos naturales que, junto con el viento sur, es capaz de calentarte la sangre: Mikel.

Una cerilla prende en tu estómago. No lo has visto en meses, la última vez en la inauguración de su exposición en la Casa de Cultura. Siempre lo has visto en el centro de la ciudad, nunca en tu barrio, es la primera vez, y te ha pillado por sorpresa, como una tormenta de verano.

Con el maquillaje desgastado ya a estas horas, piensas en tus ojeras, tan a la vista, e intentas alisarlas con los dedos, pero pronto dejas tus ojeras en paz, porque ese brillo de Mikel en los ojos al mirarte siempre te hace sentirte hermosa. Todavía. Cruza la carretera hasta la acera en la que te encuentras, estira el brazo para saludarte y vuestras manos empiezan a buscarse torpemente en el aire hasta que por fin se encuentran, no guiadas por vosotros, sino ellas solas, con la inercia de un imán. Sus manos están calientes. También las tuyas. Como si guardaran el calor de dos manos que han estado unidas en otra vida.

—Cómo tú por aquí...

Te ha dicho que se ha mudado de casa, que ha dejado el centro y que ahora, desde hace dos meses, vive aquí, dos calles más allá. Es una casa más amplia, y es bastante especial, tiene dos pisos; vive en el de arriba, y en el de abajo ha montado el taller. Te imaginas su taller lleno de pinturas, pinceles, trapos y lienzos. Sus manos, sus pantalones, su camiseta manchados de pintura.

—Vaya, somos vecinos, entonces... —Te ríes, consciente de que reírte te hace aún más bella.

Os habéis hablado con suavidad, sonriendo ambos tímidamente. Siempre has tenido con Mikel el sentimiento de «ahora no, pero quizá algún día...». Mejor dicho, siempre has pensado que con Mikel «llegará el día». En vuestras miradas se esconde un código secreto, y sabes que él siente algo parecido. Han pasado quince años desde que os conocisteis y te atrajo desde un primer momento, pero ni el espacio ni el tiempo corrieron a vuestro favor. Entonces estabas a punto de casarte y él acababa de lograr una beca para un curso de pintura en Roma. Más que él, lo que te atrajo desde el principio fue su manera de mirarte.

Te ha dicho que ha alquilado el piso, e intentas descubrir si ese «he alquilado» quiere decir realmente «hemos alquilado», pero no te ha dado pistas. En los últimos años no le has conocido pareja. Quizá te esté esperando. Quizá haya sido esa la razón para venir a vivir a este barrio.

—Nos veremos más a partir de ahora, entonces.
—Vuelves a sonreír.

Con la gente que te encuentras por la calle utilizas frases hechas. Con Mikel no. Lo que le dices a Mikel te sale de dentro, sin preparar, no puedes remediarlo. Hoy le has dicho que el viento sur siempre te trae a la memoria un poema de Idea Vilariño que habla de «desear tan silenciosamente como consiente el aire». Sabes que también le gusta la poesía. Te ha hablado de sus últimos cuadros, te dice que últimamente aparece mucho en sus obras una mujer de espaldas. Habláis sin parar, mirándoos a los ojos, hasta que tu teléfono móvil interrumpe vuestra conversación.

—Perdona.

Mientras hablas por teléfono con tu marido, lo ves alejarse y vuelves a sentir que una cerilla se prende en tu estómago al imaginarte de espaldas dentro de uno de sus cuadros.

(Verano)

Pasas de vez en cuando por debajo de su balcón y miras de reojo al segundo piso. Hoy has buscado la silueta de su cuerpo desnudo en las sábanas que tiene tendidas. El sol de julio pega de frente y te has quedado hipnotizada mirando el vuelo de las blancas sábanas.

Y te ha pillado. Mikel ha salido al balcón y has retirado rápidamente la vista de allí, has empezado a dar largas zancadas para escapar cuanto antes, pero has oído tu nombre, te está llamando. Has mirado a un lado y al otro, como si no supieras de dónde viene la voz.

—¡Aquí, arriba!

Ha apoyado los codos en la barandilla del balcón, como dispuesto a mantener una larga conversación. Viste un chándal viejo. Te ha dicho que está preparando la maleta. Que se va a Lisboa, pasará un mes conociendo Portugal. Se moverá por allí en coche y se lleva todos sus bártulos para pintar.

Te has imaginado con él en Lisboa, escuchando un fado en una terraza mientras bebéis vino blanco y coméis quisquillas, y haciendo después el amor en la habitación de un hotel todavía con olor a quisquilla en los dedos. La ventana de la habitación abierta, el sonido de los grillos y el brillo de las estrellas. Fumas un cigarro junto a la ventana mirando al cielo estrellado, mientras Mikel, desde la cama, mira tu silueta desnuda con la admiración con la que mira una obra de arte.

Ya te gustaría saber si ese «me voy a Lisboa» significa en realidad «nos vamos a Lisboa», pero es difícil adivinarlo. Esta última temporada, cada vez que has pasado por allí y has mirado a su balcón, solo has visto colgada ropa de hombre.

Le has dicho que tú también te vas, con la familia, a Salou. No querías decírselo, pero te lo ha preguntado, y no quisieras que Mikel te pillara mintiendo, lo vuestro es puro y verdadero, como un poema, como una obra de arte. No quieres ensuciar vuestra relación con una mentira. Te hubiese gustado decirle que tienes ganas de ir, pero tu mirada dice que en Salou no hay estrellas en el cielo, ni grillos ni humo de un cigarro que se escapa por la ventana.

Le dices que lo pase bien, y comienzas a bajar la cuesta mientras el olor a detergente de las sábanas colgadas va borrando tus sueños eróticos.

(Otoño)

Tenías ganas de volver de las vacaciones, aunque no se lo has confesado a nadie. No has estado mal, has tenido tiempo para leer, para escribir algunos poemas, para tomar el sol. Los niños se han pasado el verano sin salir de la piscina del apartamento. Y tu marido en vacaciones parece otro. Olvidados los nervios que le provoca tomar decisiones todos los días en la empresa, ha recibido pocas llamadas del trabajo esta vez, y habéis tenido tiempo para los dos, no habéis estado nada mal. Aun así, tenías ganas de volver a la rutina.

Morena tras las vacaciones, te ves guapa; tus dientes blancos parecen ahora más blancos cuando ríes. Tienes ganas de ver a Mikel, o, mejor dicho, tienes ganas de que Mikel te vea. En cada ducha que te has dado en Salou, al ver la marca del sol en tu cuerpo, has imaginado el día en que te volvías a encontrar con él. Te ha visto todo el año pálida, con los brazos y el cuello del color de la leche, y ahora lo quieres deslumbrar.

Has pasado por debajo de su balcón. Miras hacia arriba, hacia donde cuelgan las ropas, y estiras tu camiseta hacia abajo para agrandar tu escote; tienes la piel de color oro. Desde allí arriba se verá tu sujetador negro y el canal entre tus pechos. Pero en ese momento te das cuenta de que del tendedero de Mikel cuelgan unas bragas. No son especialmente sexis, son normales, funcionales, negras, de esas que por cinco euros se compran tres, pero son bragas. Y te has sentido traicionada. Una espada helada acaba de atravesar tu estómago apagando el fuego que allí había.

Escuchas el sonido de la puerta del balcón al abrirse y sales corriendo. En la esquina de la calle miras hacia atrás y ves a una chica saliendo al balcón a hablar por teléfono mientras fuma un cigarro. Su juventud te ha enfurecido. Pensar que Mikel pueda estar con una chica tan joven ha intensificado tu dolor y lo ha hecho insoportable. Un hombre de unos cuarenta y cinco con una chica de unos dieciocho... Podría ser su hija o una alumna de tu instituto. La chica le dice a alguien al otro lado del teléfono que tiene que estar en el hospital a las tres. Habla alto. Te la imaginas haciendo prácticas en el hospital con uno de esos disfraces eróticos de enfermera. Extiende la mano, con la palma hacia arriba, mirando al cielo; empieza a llover. Con el cigarro en la boca, el teléfono en una mano, empieza a recoger las bragas con la mano que le queda libre mientras responde que sí y que sí a alguien al otro lado del teléfono.

Estás furiosa, tanto que al llegar a casa te has lanzado al cuello de tu marido, besándolo con tus labios calientes mientras le abres la camisa de un tirón: los botones han saltado por los aires y lo has llevado a empujones a la habitación. Le has regalado toda la pasión que tenías guardada para Mikel de golpe, bruscamente, sin miel. Habéis tenido sexo sin lubrificante. Duro. Seco. Masculino.

A tu marido le ha encantado. Tú todavía estás asombrada por toda la brusquedad que ha salido de tu cuerpo, pero aún más asombrada por comprobar cuánto le ha gustado ese tipo de sexo a tu marido. Tumbada en la cama, mirando al techo, comienzas a acariciar la piel de tu brazo; está suave, tus dedos resbalan por la piel sedosa. No sabe lo que se pierde el tonto ese. Pero de repente te asustas y alejas la mano. Te ha parecido tocar una araña peluda. Es tu codo, seco y arrugado.

(Invierno)

En los dos últimos meses casi has conseguido olvidar a Mikel. Siempre te ocurre. Cuando sospechas que alguien pierde el interés por ti, tú también pierdes la atracción que sentías por esa persona. Te sientes más libre, también más vacía que cuando te dejas llevar por el mundo de los sueños, pero más fuerte.

En este tiempo no has leído poesía, te has dedicado a las lecturas de la asignatura que impartes. No has escrito una sola línea.

Junto con el frío del invierno, algo se ha encendido entre tu marido y tú. La crisis le está dando muchos dolores de cabeza en la empresa, pero algo ha cambiado en su actitud; ahora, en lugar de traerse sus problemas del trabajo a casa, vuestro hogar se ha convertido en el último refugio al que puede escapar y en el que puede olvidar todos los problemas del trabajo. Y en eso ha tenido que ver tu actitud más cariñosa hacia él en los últimos meses.

Hoy ha nevado, y cuando has entrado a casa, tras quitarte el abrigo, le has saltado al pecho y ronroneando como un gato le has pedido que te caliente las manos.

—¿Preparamos un café?

No has visto a Mikel en los últimos tres meses. No has pasado por su calle en este tiempo.

La paz de la nieve en invierno. En los días de temperaturas bajo cero, un café puede dar más calor que el sexo. Así lo has decidido.

(Primavera)

El viento sur sopla tímidamente y el sol es aún blanco. Delante de ti, en la calle, camina una pareja. La chica lleva una falda larga con flores estampadas: rojas, amarillas, naranjas, sobre un fondo negro. Ya está aquí la primavera, has pensado, y tu pensamiento te ha sonado a anuncio de centro comercial. Y vaya sorpresa te has llevado cuando te has dado cuenta de que quien camina delante de ti junto a una chica es Mikel. Frenas en seco, no quieres que te vea, pero ellos también se paran de repente, como si hubiesen olvidado algo, y se dan la vuelta de golpe. Casi os chocáis.

Mikel se ha alegrado mucho de verte, o por lo menos es lo que te han dicho su mirada y su manera de acariciar tu brazo de color de leche. La chica te ha saludado y le ha dicho a Mikel que se va a adelantar.

—¿Me esperas aquí? —le pregunta despreocupada.

Mikel le responde que sí con la cabeza sin apartar de ti su mirada. Comentas que hace mucho que no os veis, y tu comentario suena a pregunta, a reproche. Te dice que sí, que los últimos meses han sido extraños, inusuales, que su hermano está en el hospital, en cuidados intensivos, muy grave después de un accidente, y que en este tiempo solo recorre el camino entre casa y el hospital.

—No sabía que tenías un hermano.

—Sí, vive en Oñati. Estos últimos meses su hija está en mi casa para que no tenga que venir desde allí todos los días.

Te quedas de piedra. Intentas mostrar cara de preocupación, de dolor, pero no puedes, la satisfacción que sientes en tu interior es superior. El sol te calienta la espalda y el cuello, las orejas te arden. Y de repente ves en cámara rápida cómo crecen las flores en los árboles, cómo resbalan las nubes por el cielo, cómo viaja el polen por el aire. Te mareas. Sientes el éxtasis. Un orgasmo estático.

—Mira, aquí vuelve —te dice mirando a su sobrina, que se acerca hacia vosotros.

Y mientras miras a la chica aproximándose, te sorprende la armonía que las flores dibujadas en su falda guardan con el día tan soleado. Parecen tan reales que de un momento a otro un soplo de viento se las podría llevar volando como se lleva las margaritas de entre los dedos.

La chupa negra

Raúl ha aparecido en casa por la tarde con bolsas de tiendas de ropa. Marta no se lo puede creer:

—¿Has ido a comprarte ropa...? ¿Tú solo?

El tono de Marta no le ha hecho ninguna gracia y Raúl no ha contestado. Solo ha movido la cabeza de arriba abajo y ha seguido por el pasillo hacia la habitación.

—¿A ver?

Marta le ha seguido, curiosa, y Unai ha dejado de ver los dibujos animados en el salón y los ha seguido también, descalzo y en pijama. Egoitz está en su cuarto con la puerta cerrada, delante del ordenador, seguramente.

Marta siempre ha acompañado a Raúl cuando ha tenido que comprar ropa, e incluso a veces le ha comprado ropa sin estar él, como a Egoitz y a Unai. Nunca antes había ido solo. No es, sin embargo, la única actitud extraña que le ha notado a Raúl en el último año. Desde que viven en la nueva casa, en el nuevo barrio, ha empezado a darle más importancia a su aspecto, a su ropa, a su peinado... Se ha vuelto a poner en la oreja el pendiente de aro que utilizaba en su época de estudiante y lleva un tiempo sin pasar por la peluquería, se está dejando una especie de melenita por detrás, como cuando eran novios.

Una vez que Raúl pone las bolsas sobre la cama, Marta ha empezado a fisgar dentro.

—Me he comprado dos camisetas y dos pantalones. ¿Es tan sorprendente? —le pregunta Raúl enfadado.

—Pero ¿cómo te has comprado la S? Tú por lo menos necesitas la M. —Marta extiende una camiseta tirando por sus bordes hacia fuera—. ¿Y esas letras en el pecho? Esto parece ropa para un adolescente, Raúl. ¿Pero qué compras has hecho?

—Ya vale, Marta... Déjame en paz.

Por un momento, Marta no ha sabido muy bien si está hablando con su marido o con su hijo adolescente. Cuántas veces habrá oído en boca de Egoitz esa frase: «Déjame en paz». En los últimos dos años, Egoitz les ha dado bastantes dolores de cabeza, sobre todo antes de cambiarse de casa. Ha estado en contra del cambio desde el principio, no quería alejarse de sus amigos del barrio. Le han explicado mil veces que necesitaban una habitación más para que su padre pudiera montar su estudio en casa. Raúl es fotógrafo, y desde que cerraron el periódico trabaja por su cuenta como *free-lance*.

Egoitz tiene diecisiete años y su hermano Unai, cinco. Marta está cansada de oír siempre el mismo comentario: pues cuánta diferencia de edad entre los dos, ¿no? Todos miran a Unai como si fuese un descuido. Igual que miraban a Egoitz cuando era un bebé, ya que lo tuvieron muy pronto, con veintitrés años. Entonces también se compadecían de ellos, tan jóvenes y ya padres. Sin duda, los descuidos han marcado la planificación familiar de Marta y Raúl.

Esto ha influido en la relación con sus amistades. Tienen poca vida social. Cuando nació Egoitz nadie de su grupo de amigos tenía hijos aún y se fueron distanciando. Cuando Egoitz creció y empezó a quedar con amigos pensaron que había llegado el momento de recuperar las amistades y su vida anterior, pero en ese momento Marta se quedó embarazada de nuevo y regresaron a su vida los pañales, las manchas de puré, los columpios y toboganes y el volver a casa los sábados a las ocho de la tarde.

Pero una vez que Unai ha cumplido cinco años y se han mudado parece que algo ha cambiado, sobre todo para Raúl. Y al ver cómo él recupera las ganas de vivir, Marta percibe el peligro de quedarse atrás. Se ríe cada vez que Raúl hace algo para parecer más joven, se ríe con ganas, con ruido, para dejar claro que no está preocupada, para que quede claro que ese intento de parecer más joven le parece patético, pero bajo su risa se oculta el miedo a que un día Raúl la mire como si fuese un fósil. Esta sensación la lleva dentro desde hace tiempo, pero no le ha puesto nombre y apellido hasta que ha quedado a tomar café con su amiga Silvia.

—Marta, atenta —le advierte Silvia con los ojos bien abiertos—. Mi marido también empezó así...

Al hablarle de la transformación de Raúl, Silvia le ha contado que su marido empezó a depilarse el pecho y un año más tarde le apareció en casa vestido como un adolescente pidiéndole el divorcio. Le ha dicho también que, al final, su marido le hizo un favor; gracias a que se fue de su vida descubrió que le gustaban las mujeres y desde entonces vive con una chica quince años más joven que ella. Pero que, en su caso, si no quiere perder a su marido, debe estar atenta.

Las palabras de Silvia la han ayudado a componer el puzle que hacía tiempo tenía desordenado en su cabeza. Y ha visto fantasmas por todas partes. Por su horario en la farmacia va pocas veces a recoger a Unai a la escuela, y en comparación con Raúl pasa pocas horas con el niño en el parque. Y a la salida del colegio y en el parque la mayoría son madres, y todas más jóvenes que su marido. Ese empeño en parecer más joven puede tener su razón de ser en que Raúl haya conocido a alguna madre que le gusta.

—Les cuesta —le dice Silvia—. Les cuesta darse cuenta, reconocer que han envejecido. Y buscan chicas jóvenes, como si junto a ellas rejuvenecieran... Ha empezado a escuchar la música que oía de joven, ¿verdad?

—Pues sí.

—Mi marido, en los últimos meses que estuvo en casa, daba pena escuchando Scorpions. *Still loving you* y todo eso, ya sabes.

—No, a Raúl no le ha gustado nunca el heavy, pero le ha puesto el politono de *God Save the Queen* al móvil.

—No se dan cuenta de que hoy te ponen Sex Pistols tranquilamente en la sala de espera del dentista...

Silvia le ha dicho que a partir de una edad todos

los hombres se vuelven patéticos. Se lo ha dicho justo antes de salir corriendo de la cafetería. Tenía a su novia esperándola en el campus.

Tras dormir al niño, Marta y Raúl se han sentado en la cocina a cenar. Egoitz está en su habitación. Se ha llevado un bocadillo para cenar allí.

—The Cure toca en Bilbao, en el BBK Live —le dice Raúl mientras corta un trozo de queso.

—¿Y? —le pregunta Marta.

—¿Por qué no vamos?

—¿Nosotros? ¿Al concierto?

—Sí, como antes. ¿Desde cuándo no hemos ido a un concierto?

—¿Desde que teníamos amigos? —le pregunta Marta terminándose el yogur.

—No necesitamos a nadie.

—¿Y Unai?

—Podemos dejarlo en casa de tu madre...

Se ha reído de su ocurrencia, pero, en el fondo, ver a su marido con tantas ganas le ha abierto una pequeña herida en algún sitio. Ha pensado que cuando llega a casa después de pasarse la tarde en el parque rodeado de mujeres jóvenes, la imagen de su mujer le debe de recordar a una de esas grandes jarras de porcelana de las antiguas farmacias. Quizá ella también debería empezar a comprarse ropa nueva, a cambiarse de peinado, para sentirse más joven, para estar más atractiva. Siempre lleva la melena recogida en una coleta, por comodidad.

Quizá no sea mala idea ir a ese concierto. Podría

ser una manera de intentar recuperar la vida que apenas pudieron disfrutar de jóvenes.

El sábado por la mañana, cuando ha empezado a guardar las ropas de invierno y a sacar las de verano, se ha quedado un momento mirando los jerséis y las camisas que va dejando sobre la cama. Podrían ser de su madre. Está claro. Ella también necesita renovarse, por fuera y por dentro.

—¿Me acompañas al trastero? —le pregunta a Raúl señalando las dos bolsas de plástico que ha llenado de ropa.

En el trastero, mientras hace sitio para la ropa de invierno, Marta ha sacado una vieja maleta y la ha abierto.

—Tendremos que hacer algo con estos trapos viejos —dice mirando la ropa que guarda allí desde hace años.

—¿Esa es mi chupa?

A Raúl se le han encendido los ojos. Ha sacado de la maleta una cazadora negra con muchas cremalleras, tipo *rocker*.

—No te querrás poner eso, ¿no?

—Me la trajeron de Londres... Joder, mi chupa... Creía que la había perdido.

Marta, Raúl y la cazadora de cuero, que ocupa como una tercera persona, suben en el ascensor del trastero a casa, y Marta ha empezado a estornudar. Es alérgica al polvo. Ha subido también la maleta, con la intención de revisar en casa lo que hay dentro, pero no se ha atrevido a revolver la ropa, no para de estornudar, así que la ha sacado al balcón. Por un momento le ha parecido ver allí dentro los pantalones de cuero que utilizaba hace años y se ha imaginado vestida con ellos, bailando, gozando del concierto de The Cure. Raúl ha querido probarse la cazadora nada más entrar en casa, pero Marta no le ha dejado. Le ha dicho que hay que dejar la cazadora unos días colgada en el balcón para que se le vaya el polvo y el olor a trastero. Le ha costado convencer a Raúl, pero al final la cazadora se ha quedado en medio del balcón, en una percha que Marta ha colgado de la cuerda de tender la ropa.

Egoitz ha salido. Alguien le ha enviado un mensaje al móvil y se ha marchado sin decir nada.

—¡A las once aquí! —le ha gritado Marta antes de que cerrara la puerta a pesar de que en el último mes ha empezado a venir antes de la hora. Marta sospecha que ha conocido a alguna chica y que esta tendrá que volver a casa temprano. No le encuentra otra explicación.

Ha entrado a la habitación de Egoitz y ha empezado a recoger ropa del suelo. Observa la mancha del pantalón vaquero y se lo lleva para meterlo en la lavadora. Antes, comprueba si tiene algo en los bolsillos y encuentra una pequeña piedra. Mirando la bola de hachís, suspira y va al comedor. Raúl está allí delante del ordenador mirando la web del BBK Live.

—Raúl...

—¿Sabes que viene también Radiohead? —le dice sin levantar la vista del ordenador.

—Raúl, mira. —Extiende la mano y le muestra el hachís.

—¡Marta! Pero ¿dónde lo has conseguido? ¿Y cuándo has empezado a fumar otra vez?

—No digas tonterías, lo he encontrado en el bolsillo de tu hijo.

—¿A ver? —Raúl ha cogido la bolita, que está envuelta en film transparente, y ha empezado a olerla—. Es un huevo, un caramelo de Marruecos.

—¿Qué hacemos?

Raúl se ha quedado pensativo mirando el trozo de hachís.

—¿Tenemos papel de fumar?

Media hora más tarde, Raúl y Marta están en el balcón fumándose el canuto que han liado con el hachís de su hijo.

—No me puedo creer que estemos haciendo esto... —le dice Marta a Raúl antes de coger el porro que él le ofrece.

—Venga, Marta, ya vale. Fuma rápido, que va a aparecer Egoitz.

—Pero...

—Quizá prefieras pedirle a Egoitz cuando aparezca que se siente en el sofá para decirle eso de «hijo, tenemos que hablar»...

—No, por favor.

—Pues entonces fuma.

Marta le ha dado una calada profunda al canuto. Ha esperado unos segundos y ha vuelto a darle otra antes de pasárselo de nuevo a Raúl. Cuántos años sin sentir ese puñetazo en el cerebro. Se ha quedado sin palabras, mirando la cazadora negra de Raúl, que está colgada enfrente. Le conoció con esa cazadora. Siempre la llevaba cerrada, como si se tratara de una armadura. Era un tipo duro. Lo recuerda en un concierto, en primera línea, sacudiendo la cabeza para arriba y para abajo. De repente, ha resucitado en su mente su imagen de joven, una imagen que tenía olvidada, y tras cruzarse sus miradas le ha sonreído. Raúl tiene los ojos achinados, como si los párpados le pesaran mucho, y no puede aguantar la risa. Han reído los dos a carcajadas, como hacía tiempo. En ese momento, ha soplado una ráfaga de viento sur y ha puesto a bailar la cazadora de cuero que cuelga sobre sus cabezas.

A la mañana siguiente, mientras se toma una pastilla de ibuprofeno con un vaso de agua, Marta oye que se abre la puerta del cuarto de Egoitz. El chico ha aparecido en calzoncillos y con una camiseta de Berri Txarrak. Mira aquí y allá. Está buscando los pantalones vaqueros pero no pregunta nada. Sale al balcón y busca entre la ropa tendida. Después vuelve a su cuarto sin desayunar.

—¿Qué has hecho con la piedra? —le pregunta su marido, susurrando, al poco de levantarse.

—La tengo guardada. ¿Se la devolvemos? Puedo tirarla al suelo de su habitación para que piense que se le ha caído.

—¿Devolvérsela? Ni se te ocurra. Hacía mucho tiempo que no probaba un hachís tan bueno.

Las noches siguientes, una vez que acuestan a Unai y antes de que aparezca Egoitz, Marta y Raúl salen al balcón a fumarse un canuto al lado de la cazadora de cuero, que sigue colgada. Es el mejor momento del día. Todas las preocupaciones se van volando y solo se centran en el placer de fumar.

Marta se siente más joven, y ve también más joven a Raúl. Y le gusta rememorar ese cosquilleo que se le producía de joven en el estómago al hacer algo prohibido.

El caramelo les ha durado siete días. Y de repente conseguir más hachís se ha convertido en un asunto de vida o muerte para Marta y Raúl.

Aprovechando que está en clase, Raúl ha registrado la habitación de Egoitz.

—¿Has encontrado algo? —le pregunta Marta nerviosa.

—No, está limpio —responde Raúl.

—Es esa chica.

—¿Qué?

—Creo que tu hijo tiene bastante droga con estar enamorado.

—No será verdad... ¿Habrá dejado los porros? —dice Raúl preocupado.

—No lo sé...

Marta ha decidido dar a Raúl una sorpresa. La próxima semana celebran el diecisiete aniversario de su boda. Le va a preparar una cena, y para ese día conseguirá hachís. Se lo va a conseguir Silvia a través de su novia, ya sabe que fuman. No tiene claro que Raúl vaya a acordarse del aniversario, pero sospecha que, si lo recuerda, quizá le regale unas entradas para el BBK Live.

En el día del aniversario por la mañana, al despertar, ninguno ha comentado nada. Se casaron por la tarde y todos los años esperan al atardecer para felicitarse, con lo que hasta que Raúl aparezca en casa no podrá saber si se ha acordado.

Marta quiere que esta noche sea especial, y en verdad será así, porque van a estar solos en casa. Unai va a dormir en casa de la abuela y Egoitz les ha dicho que va al pueblo de un amigo, que son fiestas, y dormirá en su casa. Marta ya sabe que es mentira, que va a pasar la noche con esa chica con la que anda, pero le ha parecido una buenísima noticia. Sí, hoy estarán solos, y hoy se pondrá los pantalones de cuero. Hoy será el día de la resurrección. A partir de hoy estará preparada para subir con esos pantalones al alto de Kobetamendi, donde se celebra el BBK Live, y perderse allí entre una multitud de jóvenes vestidos de negro.

Le ha costado ponérselos, le quedan más prietos que entonces, y para quitarles el olor a trastero ha salido con ellos puestos al balcón. Allí, mirando la cazadora de cuero, que aún sigue colgada, ha recordado cuánto le gustaban a Raúl aquellos pantalones de cuero cuando eran novios, le excitaban mucho. Hoy también va a entrar en calor, como hace tiempo. Además ha pensado que mientras cenan se va a soltar la melena, que en los últimos años siempre lleva recogida en una coleta. Hoy Raúl no va a ver ante sí a una farmacéutica de cuarenta y un años, sino a la Marta que conoció un día, una Marta joven, atractiva, sexi. Hoy van a ser dos jóvenes fumando hachís, acariciándose, haciendo el amor...

Con la mesa preparada, la cena lista, Marta ha metido el hachís en un bolsillo de su pantalón de cuero un minuto antes de que entrara Raúl. Al entrar la ha besado en la boca. Hacía mucho que no la saludaba con un beso al llegar a casa.

—Felicidades —le dice, y Marta se tranquiliza, Raúl ha recordado el aniversario.

—He preparado una cena especial —le dice Marta nerviosa.

Al ver la mesa preparada, Raúl ha vuelto a besarla en la boca. Todavía no le ha dicho nada sobre los pantalones.

—Tengo una sorpresa para ti —le dice Marta mientras cenan.

—Yo también tengo una sorpresa para ti —le dice Raúl.

No han hablado de Egoitz, ni de Unai, y por un momento Marta ha pensado que quizá no sepan de qué hablar. Raúl le ha dicho que las brochetas de gambas estaban deliciosas, y cuando Marta ha sacado el salmón del horno, ha soltado un «ohhhh» bien largo. Están nerviosos, como en la primera cita, sin saber muy bien qué decir. Marta ha servido de postre dos sorbetes de champán, y en lugar de volverse a sentar en su sitio, se ha acercado hasta Raúl y se ha quedado quieta frente él con la intención de que se dé cuenta por fin de los pantalones que lleva. Raúl le pide que se acerque aún más.

—Ven aquí —le dice, y Marta se acerca sensual hacia él.

Cuando está a pocos centímetros, Marta alza los brazos para soltarse la melena y, en ese mismo momento, Raúl le ofrece un regalo envuelto en papel.

—Toma.

Había empezado a soltarse el pelo, pero ha vuelto

a recogérselo para poder abrir el paquete. Es un CD. En la portada, una fotocopia en color del cartel del BBK Live. Pensaba que encontraría dentro unas entradas, pero no, hay un CD.

—¿Qué te parece? Ahí los tienes todos. Todos los grupos que vienen este año al BBK Live grabados para que los disfrutes con tranquilidad en casa, sin necesidad de subir a ningún monte, sin mancharte los zapatos de barro y sin pasar frío... Te los he grabado todos: The Cure, Radiohead, Keane...

Marta se ha quedado mirando el CD como si no tuviera valor para levantar la cabeza.

—Y además te he grabado también otros de nuestra época. —Y ha empezado a leer emocionado los nombres que ha apuntado en el CD—: Fugazi, Faith No More, Soundgarden, Living Colour, Red Hot Chili Peppers, The Who, The Jam, Bad brains, Jingo de Lunch...

Marta solo oye un murmullo. Como cuando la farmacia se le llena de gente. Le parece que su marido le habla desde el otro lado de una mampara. Al final, logra levantar la cabeza y la mirada se le escapa al balcón: ahí está, ante sus ojos, la chupa negra de Raúl, colgada, balanceándose de un lado al otro, como el cuerpo de un ahorcado.

El lunes por la mañana Egoitz intenta adivinar sin éxito cómo ha vuelto a aparecer el hachís en el bolsillo de su pantalón.

El espejo

El vapor que ha salido de la cabina de la ducha cubre el espejo que tienes frente a ti. El vaho no te deja ver tu cuerpo desnudo. Te acercas la toalla a la cara y en cuanto percibes el olor a suavizante un pensamiento resbala por tu cerebro a la par que las gotas de agua por tu cabeza mojada: no se puede comparar a las mujeres con las flores, eso es muy feo.

Comienzas a extender el aceite de rosa mosqueta por tu piel lentamente, por los pechos, el cuello, el interior del brazo, el antebrazo, un codo, el vientre, el muslo por dentro y por fuera, por fuera y por dentro... Sí, es muy feo, es como decir que las mujeres solo existen por ser hermosas y fecundas como las flores y que se marchitan si nadie las riega.

Kepa lo hacía una y otra vez, comparaba a las mujeres con las flores, la que no era un clavel era una rosa. Las mujeres siempre han sido como flores para Kepa, podías verlo en el reflejo de sus ojos, en su forma de mirarlas. Y no es extraño, siempre ha vivido entre flores en la universidad, rodeado de jóvenes estudiantes que nunca envejecen, que cada año tienen la misma edad. Hasta llegó a creerse que también él tenía la misma edad cada año.

Tú también trabajas rodeada de jóvenes, das clases de latín a un pequeño grupo del instituto, cada vez son menos los que eligen las letras, pero tú sabes que en tu clase eres la única que envejece de un año para otro, que para los estudiantes que tienes delante eres una lengua muerta.

Se han abierto claros en el espejo nublado, puedes ver tu cara a través de uno de ellos, tu ombligo a través de otro. Empiezas a aparecer.

Tú también eras una flor para Kepa, al menos durante un tiempo lo fuiste, cuando os conocisteis de jóvenes y luego en los años que habéis vivido juntos. Han pasado dos años desde que se marchó de esta casa, también de este baño, aunque ahí sigue el frasco de *aftershave* que usaba, no lo has tirado todavía a la basura. Y ahora te das cuenta de que, después de quince años juntos, para Kepa tú en los últimos años eras una flor, sí, pero ya no eras una rosa, ni un clavel, ni una amapola que crece en una pradera y tiembla con el viento sur. Tú acabaste siendo un geranio para Kepa. Un geranio que seguía erguido y que le daba flores cuando era necesario. Pero los geranios solo crecen en las ventanas y los balcones de las abuelas, de las viudas, de las señoras mayores, de las viejas.

Viertes agua de lavanda en el hueco de tu mano y la extiendes bajo tus brazos y entre las piernas. Te gusta la frescura de la lavanda, oculta los olores de tu cuerpo.

El vaho del espejo cubre tu pecho como si fuera

un sujetador blanco. Todo lo demás ha quedado al descubierto: tu cara, tus brazos, tu pubis...

Kepa eligió la frescura, la vitalidad, la libertad de las margaritas. Las margaritas crecen en el monte, en un pasto verde, en cualquier parque. Los geranios, en una maceta. En la maceta de la ventana o del balcón de alguna señora. Las margaritas se ríen del sol, los geranios tosen en ventanas y balcones de calles estrechas, oscuras y ventosas. Y cuando llega el invierno, las señoras los cubren con plástico para que no se estropeen. Las margaritas no, las margaritas mueren y renacen sin cesar. Siempre son jóvenes, como las estudiantes universitarias.

Y tú, al igual que esas viejas que viven pegadas a una ventana con la única compañía de unas macetas de flores, hueles cada vez más a piel, especialmente desde que se fue Kepa, y eso te preocupa. Ahora empiezas a comprender cómo puede surgir ese olor insoportable y sofocante en las residencias de ancianos. El olor de tu cuerpo se ha convertido en los últimos años en un fantasma que te persigue. Por eso empezaste a soltar el grifo de la ducha para poder dirigirlo directamente a diferentes partes del cuerpo, tus sobacos, tu entrepierna, y aún sigues haciéndolo, aunque ya no tanto con ese objetivo. Ahora entras en la cabina de la ducha a buscar las caricias del agua en tu vulva. Especialmente los sábados, como hoy. Entre semana tienes que tomar una ducha rápida para ir a trabajar y no tienes tiempo para disfrutar. Casi como en los últimos años que viviste con Kepa. Se puede decir que has mantenido la tradición de tener sexo únicamente los fines de semana.

Te pones desodorante en los sobacos. Este no huele a flor, es neutro.

No te has acostado con nadie desde que Kepa se fue. No has tenido sexo con nadie excepto con el agua de tu ducha. Todos los sábados, después de desayunar y recoger la casa, entras en la ducha, giras el cabezal del grifo y cuando sale un chorro de agua más estrecho e intenso, te lo acercas a la entrepierna y tu alma comienza a bailar, sientes que rompen olas en tu ombligo primero y en todo tu cuerpo después, plist, plast, una ola detrás de otra, formando espuma, emborrachando todo tu alrededor de olor a salitre. Acabas jadeando con la frente apoyada en el cristal de la cabina, el grifo de la ducha en el suelo danzando solo, como una serpiente loca.

La cara contra el cristal.

Como las viejas que miran los geranios desde sus ventanas.

No sabes si te queda valor para presentarte ante un hombre y decirle aquí estoy, tómame, a mí y mis olores. Yo soy yo y todos mis olores. Querrías que tu piel fuera neutra, como tu desodorante. Te aterra pensar que un hombre, al acercarse a tu cuerpo desnudo, perciba en tu piel la humedad y el olor del agua estancada. Te asusta pensar que un hombre perciba olor a cerrado en tu cuerpo, y quizá por eso no has intentado tener sexo con nadie en los dos últimos años. Por eso y porque el *aftershave* de Kepa sigue en tu baño. Quizá por eso también.

Vives sola desde que Kepa se fue con una margarita. Pero no, aquella joven, la alumna de Kepa, no era una margarita, y tú tampoco, tú no eres un geranio, porque es muy feo comparar a las mujeres con flores. La gente no sabe nada de flores. La gente no sabe nada de mujeres. Ni siquiera la mayoría de las mujeres. Ni siquiera tú misma has sabido casi nada hasta hoy, hasta que al desaparecer totalmente el vaho del espejo has visto esos pelos negros que te han crecido alrededor de los pezones. Son muy muy negros.

Como las espinas de un cardo.

Como si fuésemos adultos

Se ha pasado la cena esperando la pregunta. Y al final ha salido de la boca de Pepe tras beberse unas copas:

—Qué, Ania, ¿cuándo lo vamos a conocer?

—¿Es guapo? —le sigue su esposa Marga con los ojos como canicas.

Hablan del hombre con el que se ve últimamente. Sus amigos son así. Las relaciones de Ania son asunto público, algo de lo que se puede debatir en las cenas como se debate sobre la crisis económica o el derecho de autodeterminación de los pueblos. Siempre tiene que soportar preguntas parecidas cuando se reúnen a cenar. Si tiene novio, si está enamorada...

A veces tiene ganas de responder: «Y vosotros, ¿qué tal? ¿Seguís enamorados? ¿Desde cuándo no folláis?».

Sus amigos quieren que Ania tenga una relación estable y no medio novios que aparecen y desaparecen. Ania no entiende por qué, quizá sea porque envidian su libertad, o quizá estén deseando que entre aire fresco en la cuadrilla, como si un nuevo amor pudiera contagiar la pasión al resto.

Ania les responde muchas veces que no hay nadie, que el mercado está muy mal. Y todos ríen. Y a pesar de que Ania lo dice en broma, en el fondo lo siente así, el mercado no está mal para acostarse con alguien, pero sí para encontrar una relación estable. A veces piensa que es demasiado exigente. Quizá esté buscando a un hombre perfecto que no existe. Cuando conoce a uno y empiezan a salir juntos, teme siempre que aparezca el fallo que la haga pensar, como si estuviese en una entrevista de trabajo: «El siguiente, por favor».

Siempre ha vivido sola, aunque algún hombre haya pasado temporadas acompañándola en su soledad, pero nunca demasiado tiempo. Ha vivido muchos años en el extranjero y no siempre en el mismo lugar, lo que ha dificultado su estabilidad, también la emocional. Estudió Periodismo en Estados Unidos, y después ha sido corresponsal para la televisión en Washington, Londres y Buenos Aires. Pero hace dos años decidió volver a casa una vez que le concedieron un piso de protección oficial. Y ahora, cuando le faltan dos meses para cumplir cuarenta, siente que en la casa que ha decorado con mil fotografías y recuerdos de los países en los que ha estado le falta algo. Sobre todo las tardes de los domingos de invierno. Le gustaría ver una película en el sofá junto a alguien, los dos bajo una manta..., pero no puede ser cualquiera.

Tiene un problema con los hombres: cuando los mira de cerca, todos le parecen unos niños, aunque sean mayores que ella. Y cuando aparece el niño que en su opinión todos ocultan dentro, no siente un instinto maternal que le haga desear que se pierdan en sus pechos. Al contrario, esa mirada de niño es un antídoto contra la lujuria. No puede acostarse con ellos. Sería como acostarse con alguno de aquellos chicos de clase que pegaban los mocos bajo el pupitre o que llegaban sudados a clase tras jugar al fútbol en el recreo.

Desde que ha vuelto a Vitoria ha dejado el periodismo y se ha reciclado. Trabaja de guía en la catedral de Santa María, y en este tiempo ha conocido a varios hombres. Aunque algunos le han gustado mucho al principio, una vez que ha rascado un poco ha aparecido el niño, como tras rascar sobre el papel húmedo aparece de repente la calcomanía de un superhéroe. Y Ania quiere un hombre de verdad, una persona adulta, madura, alguien que con cuarenta años no siga soñando con meter un gol en un estadio abarrotado de gente. Pero no es tan fácil. Todos los hombres que conoce son un poco como los futbolistas. Al principio, cuando salen al césped tan serios, tan concentrados, le atraen, hay una especie de elegancia en sus movimientos, sobre todo en las imágenes en cámara lenta. Antes de lanzar un penalti parecen gladiadores mirando fijamente al infinito, como si pensaran en algo importante y profundo. Pero cuando ganan la final, se acabó. Aparece el niño gritando, saltando, cantando *We Are The Champions*. Y adiós a la elegancia, adiós al sueño de tener sexo con ellos. De repente, se convierten en niños que se han emborrachado en la fiesta de fin de curso.

Sus amigos no solo le preguntan sobre su vida

sentimental, sino que además intervienen en ella: nada más instalarse, Marga le dijo que iba a presentarle a un amigo y al final lo hizo en el cumpleaños de Pepe. Era médico, cuarenta y cinco años, guapo, de los que aún no se han abandonado y van al gimnasio. Desde el principio le vio trazas de mujeriego, pero aun así le atrajo y tuvieron sexo el segundo día. A partir de una edad no se puede perder mucho tiempo en los prolegómenos. Se lo pasó muy bien con él, era un amante muy bueno; quitando uno que tuvo en Buenos Aires, nadie la había satisfecho de esa manera. Además era muy divertido, pero bastó que un día quedaran para comer para que Ania escuchara en su interior aquello de: «El siguiente, por favor». Él pidió filete con patatas, y en cuanto Ania vio que lo partía todo en pedacitos antes de comerse el primer trozo, se acabó. A partir de ese momento no podía evitar ver al lado de aquel hombre a su madre diciéndole «Carlos, cómete la carne» mientras le partía el filete de pie, junto a la mesa.

Tuvo otro amigo; lo conoció por la noche, tras una cena de chicas, pero el día que le vio seguir con pasión por la tele una carrera de Fórmula Uno perdió todo el atractivo. Aquellos ojos en los que se reflejaban veloces bólidos eran los de un niño.

Tuvo también una relación con un montañero, pero no entendían lo mismo sobre lo que significaba llevar a una mujer a la cima. Lo dejó el primer día que quiso llevarla al monte.

Pero al final ha aparecido alguien. Josu está separado. Vive con su hija de seis años. El juez le quitó la custodia a la madre por su probada dependencia de la cocaína y las pastillas. Josu le contó todo desde el primer día, la vida que llevaba su exmujer, las dificultades que tenía para hablar a su hija sobre la situación de su madre... Desde el principio habló con ella de problemas reales. No es como los demás, pensó. Le han pasado muchas cosas, muchas de ellas graves, y eso le ha colocado muchas capas una encima de otra hasta hacer casi invisible al niño que pueda llevar dentro.

Lo conoció en la catedral, Josu es representante de una empresa que patrocina las visitas y trae muchos grupos de empresarios a visitar el templo. Se sabe de memoria todo lo que Ania les cuenta en las visitas, la manera en que Ania mueve sus labios y sus brazos dando explicaciones.

—Y si su mujer anda metida en las drogas, igual él también, ¿no?

Al segundo de haberle contando la historia de Josu, Ania confirma que a Pepe no se le puede contar nada.

—¿Y cuándo lo conoceremos? —dice Marga haciendo la segunda voz de Pepe, como siempre.

Lleva tres meses con Josu y ahí suele estar el límite. A partir de los tres meses de relación el resto de los hombres han dejado a la vista el niño que llevan dentro. Pero Josu no. Y está sorprendida. Parece que Josu es un hombre de verdad.

Aunque la relación no es fácil. Quizá por eso le resulte tan atractiva. Pasan unas pocas horas al día juntos, cuando su hija está en la escuela, al mediodía, y se entregan al sexo en casa de Ania. Así, se quedan muchos días sin comer, pero satisfechos.

Ania no ha conocido aún a su hija y le da miedo dar ese paso. Josu le dice que tiene que conocerla, pero a Ania le parece un paso muy peligroso. Sabe que en cuanto conozca a su hija va a tener la obligación de sentirse un poco madre y ella nunca ha tenido ni ganas ni intención de serlo.

Hablan todas las noches por teléfono, tumbados cada uno en su cama.

Hoy hay luna llena. Ania se pinta las uñas de los pies, sentada en el sofá, mientras habla por teléfono con Josu.

—¿Has visto la luna?

—La estoy viendo.

Josu le dice que hoy la necesita más que nunca. Quizá sea la luna.

—Vente, Ania.

Viven bastante cerca.

—No, Josu. ¿Y si se despierta la niña?

—No se va a despertar. No se despierta nunca por la noche. Y si se despertara iría yo a su habitación, no tiene por qué verte. Por favor, Ania.

Cuando sale hacia casa de Josu, a las doce de la noche, las nubes empiezan a cubrir la luna. Viene tormenta, piensa, y se pone nerviosa. Desde pequeña le dan mucho miedo las tormentas, recuerda el terror que le provocaba el reflejo de los rayos en su habitación de niña, en las caras de las muñecas, en el espejo, y cómo gritaba y se quedaba paralizada hasta que por fin aparecía su madre en la habitación; y ese miedo se acrecentó, además, a partir de la mala experiencia que tuvo una noche de tormenta en Londres. Un hombre la atacó por la espalda. No ocurrió nada porque sus gritos lo espantaron, pero a Ania se le ha quedado grabado aquel momento. Y hoy, junto con el ruido de los truenos que han comenzado ya, el corazón se le ha acelerado.

Le ha hecho una llamada perdida y ha subido a su casa por primera vez. Josu le abre la puerta con una camiseta blanca de manga corta y pantalones de pijama. La abraza nada más entrar. Está caliente, Ania siente su pene duro bajo el pijama. No se dicen nada. Josu mete la lengua en su boca como una serpiente, y Ania siente que un pequeño corazón le empieza a latir entre las piernas.

Está todo oscuro; gracias a la luz de la luna llena que entra por la ventana pueden avanzar sin encender la luz. Josu guía a Ania por un pasillo. Distingue una puerta, dos, una alfombra, el marco de un cuadro... Siente que pisa algo blando, pero no se para. Llegan a una cama, al fin. Josu se sienta en el borde y su cara se queda a la altura del ombligo de Ania, que sigue de pie. Extiende los brazos y comienza a desnudarla poco a poco, pasando sus amplias manos por la piel que va quedando al descubierto. Primero la camisa, el sujetador..., le baja los pantalones, le quita las bragas con cuidado. La coge en brazos como a una niña y la tumba en la cama. Ania está quieta, atenta a los movimientos de los dedos de Josu en su vagina. Gritaría, sacaría fuego por la boca, pero no puede olvidar que hay una niña en esa casa y se muerde la lengua cada vez que su cuerpo explota. Después, Josu se pone sobre ella, y en el momento en el que la penetra se escucha un estruendo. Truenos. Al otro lado de la ventana ha empezado la tormenta.

Acaban sudados, desnudos boca arriba. Josu acaricia la barbilla de Ania con dedos que huelen a sexo y, en ese momento, otro ruido los altera. Pero ahora no son truenos, sino el teléfono que Josu tiene en la mesilla de noche. Responde rápidamente, con cara de susto.

—¿Pero qué te ha pasado?

—...

—¿Pero dónde estás?

—...

—Tranquila, habla tranquila.

—...

—¿En qué carretera...? ¿Estás sola?

Josu intenta hablar bajo, aunque de vez en cuando los nervios hacen que suba el tono de voz. Mientras habla sentado en el borde de la cama, con los codos apoyados sobre los muslos, se estira el pelo con la mano izquierda. La derecha sujeta con fuerza el auricular.

—No te muevas, ¿vale? No te muevas de ahí, estoy en veinte minutos.

Ania no puede creer lo que está escuchando. Josu le dice que se tiene que ir y le pide que se quede ella en casa, que no puede dejar sola a la niña. Es su exmujer, le han dado una paliza y la han dejado tirada al borde de una carretera.

—No tiene a nadie, Ania, por favor.

—Pero si se despierta la niña, no me conoce —dice Ania, totalmente desnuda.

—No se va a despertar, vengo enseguida. La llevaré a casa o al hospital si hace falta y vuelvo.

—Pero...

Josu se pone una camiseta, unos vaqueros, unas

zapatillas y avanza por el oscuro pasillo hacia la puerta. Ania le sigue por detrás vestida con una camiseta y las bragas que ha encontrado en el suelo.

—Llueve —le dice Ania, y Josu coge una cazadora con capucha del colgador de la entrada.

—Tranquila, vengo enseguida.

Tras el golpe de la puerta, otro trueno. Ania vuelve a ciegas por el pasillo hacia el cuarto, sin poder encender la luz para no despertar a la niña. Una, dos, a punto de llegar a la tercera habitación, vuelve a tropezar con algo blando que hay en el suelo. Se asusta. Se arrodilla y ve que es un oso de peluche. Se lo lleva en brazos.

Se pone los pantalones que ha encontrado tirados sobre la alfombra y, nerviosa, se sienta en la cama con el oso de peluche en las manos. Le asaltan las imágenes una detrás de otra, sin parar: ve a Josu en su coche bajo un chaparrón, a su exmujer sangrando por la nariz en la cuneta de una carretera, una niña sale de su habitación en busca de su padre, una habitación oscura, un pasillo oscuro, el marco de un cuadro, el pene duro de Josu bajo el pijama, un hombre la sigue por la calle, la mano de un hombre sobre su hombro, una calle oscura, un grito, otro grito, la mirada de una muñeca en una habitación oscura, el rayo iluminando los ojos siempre abiertos de la muñeca, el reflejo del rayo en el espejo y un grito, con todas sus fuerzas, llamando a su madre.

Se tumba en la cama encogida, en posición fetal. Vuelven a sonar los truenos y aprieta con fuerza el peluche contra su pecho. Se queda quieta, muy quieta. Es mejor no moverse. No por lo menos hasta que aparezca mamá y encienda la luz.

Vitoria-Ibiza-Benidorm

Alazne se siente rara preparando la maleta solo para dos, como si estuviese preparando una fuga. Está nerviosa. Hacía años que no sentía ese cosquilleo en el estómago. Desde que decidió irse a Ibiza se le ha encendido algo ahí dentro, algo que llevaba tiempo adormecido, anestesiado. Se ha tenido que sentar un rato en el borde de la cama, mareada de sacar y seleccionar ropas, de abrir y cerrar cajones y armarios.

Vuelven a ir los dos solos de vacaciones. Otra vez. Como antes, sin hijas. Sin darse cuenta, las vacaciones familiares se les han acabado para siempre. Sus hijas ya no quieren ir a Benidorm como todos los años, quieren quedarse en Vitoria, en las fiestas, con sus amigas. Es la primera vez.

A Ricardo se le ha hecho muy duro tragarse la negativa de sus hijas, le cuesta creer que su modélica familia se desintegra.

—Es normal, Ricardo, sus amigas también se van a quedar...

—Pero si en Benidorm se lo pasan fenomenal...

—Se lo pasaban, Ricardo, ya no son unas niñas.

Y, además, tienen que empezar a aprender a estar solas.

—No hay quien te entienda —reacciona Ricardo.

No puede creer que la mujer que habla con esa seguridad sea la misma que dos semanas antes lloraba en un restaurante en el que cenaban juntos y se lamentaba porque desde que no hacen planes con las niñas se siente vacía.

Alazne le dice, con los ojos brillantes, que están en una nueva etapa de sus vidas, que sus hijas ya les han robado buena parte de ella y que ahora ellos también necesitan unas vacaciones en pareja. Irán a Ibiza dos semanas y punto. Además, tiene ganas de visitar por fin a su amiga Marga.

Hace mucho que tenía ganas de ver a la que fue su compañera de piso y amiga íntima en la época de la universidad. Entonces eran inseparables, y aunque han mantenido el contacto desde entonces, no se han vuelto a ver. Alazne estudió Periodismo, y cuando llegó al quinto curso ya estaba trabajando en la radio, donde sigue aún; Marga estudió Bellas Artes, y al poco de terminar la carrera se fue a Ibiza, conoció allí a Hert y no volvió. Hert es pintor, holandés, bastante conocido en su país: Hert Oldekamp. En la mente de Alazne, Marga y Hert han sido desde siempre una combinación ideal de arte, amor y sol.

Al principio se escribían cartas. Marga siempre le dibujaba un dragón en el sobre. En la época en la que estudiaba Bellas Artes también dibujaba dragones, no solo en los cuadros, también en las carpetas o en la pared de su habitación. Ahora se comunican por correo electrónico y hace mucho que Alazne no ve ningún dragón de su amiga. Marga se llevó una buena sorpresa cuando en uno de esos correos Alazne le informó de que Ricardo y ella iban a Ibiza. Por supuesto, los invitó a su casa.

Alazne está pensando mucho la ropa que llevará a Ibiza, por eso se marea preparando la maleta. Ha metido sobre todo vestidos, pero no solo de los anchos de playa, también otros más estrechos y sexis para salir por la noche. Desde el primer momento en que le dijo que iba a Ibiza, Marga insistió en que tenían que salir ellas solas una noche sin falta, como en los viejos tiempos. Quiere que Marga la vea guapa, como en la época en la que se intercambiaban ropa en el piso de Bilbao.

—¿Qué tal estoy?

—Bien, ¿y yo?

Se pasaban horas frente al espejo antes de salir a la calle. A Alazne le encantaba probarse la ropa que Marga traía de Londres. Marga siempre fue más moderna que ella. Llevaba el pelo muy corto y se lo teñía con henna. Marga era revolucionaria y provocadora, como los dragones de sus cuadros.

Al meter las sandalias de tacón se ha imaginado una cálida noche de verano de Ibiza, y se ve allí, morena, con la raya del ojo pintada, tomando un gintonic junto a Marga en una terraza, seduciendo al camarero con su sonrisa pero luego pasando de él porque solo quiere reírse con su amiga del alma.

—Pues no entiendo por qué no aprovechamos el apartamento de Benidorm, se va a quedar vacío.

A Ricardo lo de Ibiza le parece un capricho de

Alazne. En el último año su esposa está sufriendo muchos altibajos, a veces le parece que actúa como sus alumnos adolescentes. Por eso no se tomó muy en serio al principio lo de ir a Ibiza, pensó que se le pasaría la fiebre pronto. Pero no.

Alazne dice que no. Que no quiere ir a Benidorm. Se ha pasado demasiados años en el apartamento de Benidorm preparando macarrones para toda la familia, poniendo la lavadora, haciendo los deberes de verano con sus hijas y teniendo sexo silencioso y funcional con su marido (el apartamento es pequeño y el sofá cama en el que duermen hace mucho ruido si no se anda con mucho cuidado). Si fueran allí, pensaría que no han salido de vacaciones y, además, sentiría el vacío de las niñas. Alazne quiere otra cosa. Ibiza es en este momento el lugar más atractivo del mundo: arte, amor y sol. Ibiza es la salvación. La luz al final del túnel. Ricardo le dice que tiene demasiados altibajos, que tiene que aprender a estabilizarse, que a veces parece que tiene dieciséis años.

—A veces eres peor que mis alumnas.

Ricardo es profesor en un instituto. Conoce bien a los adolescentes. Por eso tiene tanto miedo de dejar a sus hijas solas en fiestas.

En el aeropuerto, facturando las maletas, Alazne se ha sentido turista de primera clase: adiós a comer un bocadillo en el *restop* de camino a Benidorm, adiós a las bolsas por si se marean las niñas. Ha empezado una nueva era. Una era en la que andar descalza por la orilla de la playa en Ibiza con un vestido blanco. Mirando las nubes que quedan bajo el avión, se ha emocionado y le ha dado a Ricardo un beso en la mejilla, como una alumna que se ha enamorado de su profesor. Ricardo la mira sorprendido. No la reconoce.

Marga y Hert viven en una masía a pocos kilómetros de la capital. La fachada es blanca, contrasta con las flores rojas que hay junto a la puerta. El taxi los deja en la puerta. Alazne se ha quitado las gafas de sol antes de apretar el timbre y se ha peinado con la mano mirándose en el reflejo de las lentes. La puerta se abre.

Ha intentado disimular su sorpresa desde el principio. Su manera de sonreír es la misma, pero Marga ha engordado, o más que engordar, parece que estuviera inflada. Se fija en la papada, en los ojos, que parece que han empequeñecido, como metidos en dos agujeros, el pelo largo, recogido en una coleta. Se han abrazado. Huele a una mezcla de pachuli y tabaco.

—Estás igualita —le ha dicho Marga mostrando unos dientes teñidos de amarillo por el tabaco.

Lleva un vestido de algodón azul, no distingue si es un camisón. Y no está morena como esperaba. Alazne pensaba que todo el mundo estaba moreno en Ibiza.

—Tú también estás igual —ha mentido Alazne—. Este es Ricardo.

Los hace pasar y la siguen por un pasillo. Por detrás sí le ha parecido reconocer a la Marga que conoció un día, sobre todo por la forma de andar: los hombros un poco adelantados y la cabeza siempre llegando a meta antes que los pies, como los atletas en la *photo finish*.

—Hert está en el taller, vamos... Las habitaciones están ahí arriba, luego os las enseño.

—No queremos molestar al maestro —ha dicho Ricardo, bromeando.

—No, tranquilos... Ya habrá oído el timbre... —Marga no ha captado el tono de broma de Ricardo.

Alazne conoce a Hert únicamente por fotografías, por las fotografías oficiales de sus catálogos de arte, principalmente, y al verlo se ha sorprendido, está bastante distinto.

—¿Qué tal? —les pregunta en un castellano con acento extranjero.

Tiene el pelo más blanco y largo que en sus fotografías oficiales. Parece aún mayor. Es mayor que Marga, tendrá unos sesenta.

Después han hablado entre ellos dos en inglés.

—¿Una cerveza? —pregunta Marga abriendo la nevera que tiene Hert en el estudio.

—¿Tienes sin alcohol? —pregunta Ricardo.

—No —responde Marga.

—Pues entonces no quiero nada. Tal vez a las seis, en el chupinazo, tomaré algo. —Y se ha reído.

Marga ha puesto cara de no entender nada, pero le ha sonreído por educación. Después se ha dirigido a Alazne:

—Tú tomarás algo, ¿no?

—Bueno, normalmente no bebo por la mañana, pero bueno... para hacer chinchín por lo menos...

Ni por la mañana ni por la tarde. Alazne y Ricardo no beben. Ricardo es diabético y le sienta muy mal el alcohol.

La nevera está llena de cervezas. También hay alguna botella de vino y un par de limones. A Alazne la cerveza le ha entrado en el estómago vacío como gasolina. Pero en esa casa nadie comenta nada sobre llevarse algo sólido al estómago. En el tiempo que se ha bebido la cerveza, Marga y Hert se han bebido dos cada uno.

—¿Seguro que no quieres? —le ha preguntado Marga a Ricardo al sacar la segunda ronda.

El estudio está lleno de cuadros y Hert tiene las uñas manchadas de pintura. Tiene amarillos los dos dedos con los que sujeta el cigarro. Fuma Habanos. Hert pinta paisajes y en sus cuadros el cielo es el protagonista. Se podría decir que pinta cielos. Ricardo se ha quedado mirando los cuadros.

—¿Y tus obras? —le pregunta Alazne a Marga—. ¿Dónde están tus dragones?

—Sí, por ahí andan... ¿Os apetece ver la parte de arriba?

Hert y Marga no han tenido hijos juntos, pero él ya era padre cuando se conocieron. Tiene un hijo en Holanda, pero no lo ve mucho, solo los visita de vez en cuando. Cuando sus hijas eran pequeñas y andaba loca sin poder llegar a todo, Alazne siempre se acordaba de Marga y envidiaba su libertad. Le mandaba postales de aquí y de allá, de las ciudades en las que Hert exponía, y al ver aquellas postales pensaba muchas veces cuántas cosas habría podido hacer si no hubiese tenido a las niñas.

—Esta es vuestra habitación —les ha dicho—.

Os espero abajo. Este es vuestro baño, nosotros usamos el otro. Mientras tanto, voy a preparar una paella.

Al fin alguien habla de comida. Alazne necesita comer algo. Las rodillas le tiemblan.

Mientras se duchan y se preparan casi no hablan entre ellos. Ricardo ha llamado a las niñas a casa. Es lo primero que ha hecho nada más dejar la maleta en el suelo. Ha hablado con la pequeña, que ha traído a sus amigas a comer a casa; han pedido una pizza y luego irán todas juntas a la bajada de Celedón para dar inicio a las fiestas. Ricardo se ha puesto nervioso. Se ha imaginado su casa llena de botellas. Solo espera que no haya chicos y que su cama de matrimonio esté intacta.

Le ha pedido que sean formales una vez más y que, por favor, cuando vuelva a casa por la noche le llame o le mande un mensaje al móvil, que aunque sea muy tarde estará esperando, que así se quedará más tranquilo.

Alazne oye un ruido de motor en la calle y sale a la ventana. Una moto ha parado frente a la puerta de la masía. Un chico aprieta el timbre con una bandeja en la mano. En el maletero de la moto se lee: «Pollos, paella y comida casera».

Mientras comen la paella, Marga le ha dicho que hoy es un buen día para salir las dos solas, que los viernes hay *happy hour* en varios locales. Alazne le ha dicho que sí mirando a Ricardo. Cree que se va a quedar a gusto con Hert. Parece que se llevan bien. Ricardo le pregunta continuamente sobre sus cuadros y Hert responde con ganas, como si estuviera ante un periodista, como si nadie le hubiese preguntado nada sobre su obra hace mucho tiempo.

Ricardo mira de vez en cuando el reloj, calculando cuánto queda para el chupinazo, y no ha podido evitar hablarle a Hert de los adolescentes. Ya le ha contado que trabaja en un instituto y que los chavales y chavalas de ahora van muy adelantados, que hay mucha droga en la calle. A dos horas del chupinazo, no puede quitarse a sus hijas de la cabeza. Hert se ríe cada vez que le habla de sus hijas y de los jóvenes. Le contesta que las drogas no son malas, simplemente hay que saber utilizarlas.

—¿Un café? —les pregunta Marga tras beberse de un trago el vino que le quedaba en el vaso.

Alazne ha acompañado a Marga a la cocina a preparar el café. Nada más levantarse ha vuelto a marearse, no está acostumbrada a beber tanto. Tras poner la cafetera al fuego, Marga ha sacado una botella de whisky.

—Habrá que tomar una copita, ¿no? Después de tantos años...

A pesar del mareo, Alazne no se ha atrevido a decir que no.

Ha puesto cuatro vasos sobre la bandeja, ha metido un cubito en cada uno y, tras darle un golpe en el culo a la botella, los ha llenado hasta la mitad. Alazne ha intentado decirle que Ricardo no bebe, que es diabético y que le sienta muy mal, pero no le ha dado tiempo. Marga ya estaba de camino al comedor.

—No, no, yo no quiero... —ha dicho Ricardo, levantando una mano, al ver la bandeja con los vasos.

—Pero si es el chupinazo, ¿no? —le ha contestado Hert.

—Sí, claro... Bueno, tomaré un poquito.

Alazne ha mirado a su marido de reojo, intentando comprobar si habla en serio. Ese whisky le puede sentar fatal. Además, cuando bebe algo no para de hablar y puede acabar aburriendo a Hert.

A las seis, Marga ha servido a todos otra copa y han brindado por las fiestas.

—¿Nos preparamos? —pregunta.

Han subido a las habitaciones. Marga se ha puesto un vestido negro de algodón bastante corto y se ha pintado un poco los ojos. A Alazne, que había imaginado tantas veces a Marga con un vestido blanco ibicenco, se le ha hecho raro verla vestida de negro. Ella se ha puesto una camisa sin mangas que le disimula bien la tripa y una falda vaquera que le queda por encima de las rodillas.

De camino a Ibiza, mientras Marga conduce el coche, Alazne ha intentado acordarse de qué hablaban cuando vivían juntas. No lo recuerda. Marga ha hablado poco en el camino, y a ratos ha dejado alguna frase a medias, mirando fijamente las rayas de la carretera, como si estuviera en trance. A Alazne los silencios le resultan incómodos.

A las ocho de la tarde, las calles y las terrazas de Ibiza están llenas de gente. Hombres y mujeres jóvenes pasean o se toman algo mostrando lo bien que luce su piel morena con la luz débil del atardecer.

—¿Otra cerveza? —le pregunta Marga con un brazo apoyado en la barra y sosteniendo en la otra mano un Habanos apagado. Tiene la voz ronca por el tabaco. Cuando fumaba Fortuna en la universidad tenía una voz más clara y fina.

Alazne no puede seguir el ritmo de Marga.

Es la hora de cenar, pero Marga no dice nada de comer.

—Pues si no bebes cerveza, me voy a beber un mojito. —La lengua se le empieza a trabar. Marga está empezando a emborracharse.

—¿Y tienes alguna exposición pronto? —pregunta Alazne con la intención de espabilarla—. Tendrás que enseñarme tus últimos cuadros...

Marga paga el mojito y la mira a los ojos.

—No hay cuadros.

—¿Cómo que no?

—Quizá si Hert no fuese pintor hubiese sido más fácil...

—No te entiendo.

—En una época pintábamos los dos en el estudio, pero luego, que si Hert necesitaba concentración, que si tenía prisa para entregar un encargo y alguien tenía que hacer la comida, que si alguien tenía que hacer la compra... Sin darme cuenta, dejé de pintar. Sin darme cuenta. —Le da un trago largo al mojito—. En esta casa solo hay sitio para un pintor.

—¿Y tus dragones?

—Hace tiempo que los dragones perdieron su fuego... —Se lleva la mano a la boca como queriendo impedir que el mojito le salga con el hipo—. Perdona, ahora vuelvo.

Se ha ido al baño casi corriendo, con la cabeza más adelantada que los pies, como siempre, con urgencia. Vista desde atrás, parece que tuviera chepa.

Vuelve pálida. Bajo la falda corta le tiemblan las pieles de los muslos, y a Alazne le han recordado las pieles que cuelgan de los cuerpos de las mujeres mayores que pasean en verano por la orilla de la playa en Benidorm.

—Los mojitos no me sientan bien, perdona.

Alazne se ha quedado sin saber qué decir. Sin saber adónde mirar. Marga observa a los jóvenes que bailan en la pista como si no hubiese pasado nada.

—Aquí todo el mundo es bello. Son felices aún —le ha dicho Marga.

—Nosotras también somos bellas —responde Alazne intentando parecer natural.

—Sí, no estamos mal, pero aún nos faltan unos años para estar mejor.

—¿Como el vino, mejor con los años?

—No, no exactamente como el vino. Me refiero a que estaremos mejor cuando pasemos este bache del camino... Porque lo más difícil no es envejecer... Lo más difícil es empezar a envejecer. Y tú y yo estamos ahí, ¿entiendes?

Alazne la mira con cara de asombro. Se está poniendo nerviosa y agarra con fuerza la tira del bolso que lleva cruzada. No sabe qué hacer con las manos.

—¿Ves esto que me cuelga del brazo? —le dice Marga levantando el brazo y mostrando la parte interior. Empuja con los dedos la carne, que se balancea—. Estas carnes que tiemblan parecerán algún día alas de murciélago. Y cuando seamos murciélagos podremos volar y podremos hacer por fin lo que nos dé la gana. Mientras tanto, tendremos que esperar. Ya pasará.

Marga ha pedido un vaso de agua y, mientras lo bebe, Alazne se queda hipnotizada mirando el movimiento de su papada. Después ha mirado el espejo que hay al otro lado de la barra y se ha visto allí junto a Marga. Distingue la correa del bolso cruzada por su camisa blanca: no se ha separado ni un segundo del bolso.

—Bailemos —dice Marga.

—¿Bailar?

Sin separarse de la barra, Marga ha empezado a dar movimientos espasmódicos. Baila con los ojos cerrados. Alazne, sin saber muy bien qué hacer, ha empezado a mover la cadera y cuando Marga abre los ojos, mueve también la cabeza. Pero se siente ridícula, fuera de lugar. Como una mujer mayor bailando en una boda agarrada a su bolso. Sobre ellas, en una plataforma, una chica con muy poca ropa mueve su cuerpo al ritmo de la música.

Han bailado durante media hora. Alazne es de las pocas personas que lleva reloj en la discoteca. La media hora se le ha hecho muy larga. De repente, Marga abre los ojos:

—Vámonos.

Alazne la ha seguido. No han hablado en todo el trayecto de vuelta. Marga tenía bastante con intentar no salirse de la estrecha carretera, y Alazne no ha podido pensar en nada más que en su miedo a tener un accidente.

Al abrir la puerta de casa, Alazne ha olido a hachís. Y ha oído las risas de su marido, que vienen del comedor. Al entrar allí, se ha encontrado a Hert y Ricardo tumbados en el sofá escuchando música clásica a tope.

—Pero Ricardo...

Ricardo no puede hablar.

—Ricardo, pero tú no puedes fumar... —Ha mirado a Hert—. ¡No puede fumar!

—No ha fumado, él no ha fumado —dice Hert sin poder aguantar la risa—. Solo ha comido bizcocho...

A Ricardo casi no se le ven los ojos y ríe sin parar. Nunca ha visto a su marido así.

—Ay, ay. —Ricardo no logra decir nada más. Quiere ponerse serio delante de Alazne pero no puede, la risa estalla en su interior—. Ay, ay.

—Pero ¿cómo se te ha ocurrido darle bizcocho, Hert? —le grita Marga.

—¿Qué pasa con el bizcocho? —pregunta Alazne.

—Que tiene hachís —dice Hert intentando ponerse serio.

—¿Qué? Pero si se está poniendo amarillo... Ricardo, ¿estás bien?

A Ricardo le desaparece la sonrisa bruscamente, intenta levantarse del sofá, pero vuelve a caer mareado.

—Ponedle algo en la frente, un trapo húmedo. Está mal. —Alazne está cada vez más nerviosa.

Lo han llevado a la habitación. Lo han tumbado en la cama y se han quedado Alazne y él solos.

Al poco de tumbarse, Ricardo ha tenido que levantarse a vomitar. Alazne lo ha acompañado al baño. Se han agachado un poco los dos para que Ricardo vomite en la taza y, al alzar la cabeza, Alazne se ha dado un golpe con la esquina de un armario. El llanto le ha salido instantáneo, como si hubiese estado esperando cualquier excusa para salir. Y una vez que ha empezado a llorar, no puede parar. Lleva a Ricardo a la habitación entre sollozos, y una vez allí, sentada sobre la cama, se suena la nariz con un pañuelo de papel que ha sacado del bolso, que sigue cruzado por su cuerpo.

—Ay, ay. —Ricardo no dice más. Y Alazne sigue llorando.

De repente, el teléfono de Ricardo se enciende y vibra sobre la mesilla. Alazne mira el mensaje de la pantalla: «Ya estoy en casa». Lo ha mandado su hija pequeña.

Ricardo está roncando con la boca abierta. Alazne duda, no sabe si llamar a su hija. Necesita hablar con ella, pero quizá sea mejor llamarla mañana, cuando se le pase la angustia. Está deseando preguntarle si ha encontrado lo que esperaba en la primera noche de fiestas que han pasado solas. Quizá aún pueda convencerlas para pasar la segunda quincena de agosto en Benidorm.

Sol de abril

Esta es la historia de un grupo de riesgo que ya estaba en riesgo antes de la pandemia.
Esta es una historia de amor.
¿En serio? ¿Una historia de amor en medio de una catástrofe?

Cristina, 2.º B

Hablan de catástrofe. Y de que a todas las personas nos está ocurriendo lo mismo al mismo tiempo. No saben de lo que hablan. Durante este mes en el que no hemos podido salir de casa por el dichoso virus he vivido más tranquila que en los últimos doce años.

Nos conocimos hace trece. En menos de un año ya vivíamos juntos. Él necesitaba una mujer que pusiera en orden su vida, además de sus camisas y sus pantalones. Y creo que lo que yo realmente buscaba en él era poder posar mi cara en su pecho, que rodeara con sus fuertes brazos mi cuerpo, sentir su protección.

La protección de un hombre.

Su maldita protección.

Quién me iba a decir entonces que iba a acabar necesitando que me protegieran de él.

Cada persona busca lo que le han enseñado que debe buscar y a nosotras y a ellos nos enseñan a desear cosas diferentes. Es lo que me dice Ainhoa, mi vecina, ahora que hablo todos los días con ella de balcón a balcón. En este nuevo tiempo he descubierto que Ainhoa, con la que hasta hace un mes no cruzaba más que un saludo en el ascensor, siempre sabe ponerle nombre a todo lo que nos ocurre. Por algo se dedica a escribir. Eso también lo he sabido ahora.

Nos separamos hace año y medio. Me separé de él. Hui. Salí corriendo. Salimos mi hijo y yo. Mi hijo con un jersey de capucha y once años de tensión y gritos a cuestas. Fue un acto de autodefensa. Entendí que la protección estaba en cualquier lugar menos en su pecho. Primero salimos de casa los dos, luego el juez nos permitió volver y fue él quien tuvo que irse. No sé exactamente dónde vive ahora, pero sigo recibiendo sus mensajes y, cuando los recibo, deseo con todas mis fuerzas que viva muy lejos. Y cierro la puerta por dentro con llave. A veces mi hijo me pregunta por la noche: «¿Ya has cerrado bien la puerta, *ama*?».

Antes de que llegara el confinamiento la amenaza era real, física. La amenaza era una cosa, como un objeto que puedes tocar, una botella o un tenedor. Ahora, desde que nadie puede salir de casa, pienso que él tampoco puede hacerlo y me tranquilizo. Además, es un alivio saber que ahora hay gente durante veinticuatro horas al otro lado de mis paredes.

Sus pasos y voces me calman como un bálsamo; sus ropas colgadas en los balcones se han convertido para mí en banderas blancas; sus notas en el portal, en salvoconductos para una vida mejor.

En doce años me convirtió en una isla. Esto también me lo dijo Ainhoa, lo de la isla. También ha sido capaz de ponerle nombre a eso. Es buena con las palabras. Durante los primeros años aún mantenía contacto con algunas amigas, los viernes tomaba algo con los compañeros de trabajo... El nacimiento de nuestro hijo fue la excusa perfecta para cortar con todo. Primero por mi embarazo, no te conviene salir mucho, no se te ocurrirá beber vino, tú quédate en casa y descansa, ya me quedo contigo si quieres... Y luego, una vez nacida la criatura, fue como si me ataran una pesada bola al pie con una cadena. Antes del embarazo salíamos a cenar los fines de semana; en cuanto fui madre, empezó a salir solo. Pasé de trabajar ocho horas a reducirme la jornada a la mitad para poder cuidar al crío y al final dejé de ser necesaria en el trabajo. No me renovaron el contrato. No te preocupes, con lo mío nos llega. Esa trampa. Me quedé aislada. Como decía Ainhoa, convertida en una isla.

Una especie de mampara separa mi balcón del de Ainhoa. No nos vemos, pero oímos los ruidos y voces de nuestra vida cotidiana. En estos años nos hemos intuido regando las plantas o colgando la ropa, pero siempre hemos evitado coincidir, como con miedo a mostrar nuestra intimidad desde demasiado cerca. Si estaba a punto de salir al balcón y escuchaba movimientos en el suyo, esperaba. Ahora es al revés. Si la oigo salir al balcón, salgo yo también, asomo la cabeza más allá de la mampara, ella también, y nos quedamos una frente a la otra, nuestros rostros colgados en el aire. Hablando.

—¿Tú crees que estamos a metro y medio?

—Sí, mujer.

Reímos.

Ainhoa vive sola. Él decía: «Es una tía rara». Decía que no se sabía muy bien cómo se ganaba la vida, todo el día en casa. Y que tenía pinta de lesbiana, porque durante un tiempo hubo otra chica viviendo con ella. Realmente no sé si lo de pinta de lesbiana lo llegó a decir en algún momento o me lo he imaginado yo al ver salir a la chica de su casa por las mañanas. Me pasa muy a menudo. Veo a una persona, observo una situación y, de pronto, de mi interior sale su voz y me imagino exactamente lo que él diría. Y es como si lo dijera de verdad. Todavía está aquí dentro. Como una amenaza.

Ainhoa y yo comenzamos a hablar por Jesusa, la vecina del 3.º A. Un día, al inicio del confinamiento, Ainhoa sacó la cabeza de la mampara de su balcón y, tras saludarme por primera vez desde allí, me preguntó si sabía algo de la señora de arriba, que en los últimos días no oía la televisión, y que era raro, porque siempre la ponía muy alta... Ya sabes, vive sola, me dijo, preocupada. No lo sabía, no sabía que vivía sola, y al principio incluso me costó adivinar de qué vecina hablaba.

Al día siguiente volvió a aparecer en el balcón para decirme que se había ofrecido a Jesusa para llevarle la compra y bajarle la basura. También le llevaría unas pilas para el mando de su televisión. Por eso no la oía en los últimos días.

Y fue entonces cuando dijo lo de la lana. Me contó que Jesusa se pasaba el día haciendo punto, que eso la salvaba, y que se estaba quedando sin lana. Que había que conseguir lana. Con urgencia, dijo.

Y no dijo:

—Le hace falta lana.

Dijo:

—Nos hace falta lana.

Así, comenzamos a hacer turnos para llevarle la compra, bajarle la basura o preguntarle si necesitaba algo, y todos los días hablábamos en el balcón sobre las necesidades de Jesusa para el día siguiente. Comenzamos a hablar al mediodía y después de las ocho de la tarde, tras los aplausos a quienes han vivido la pandemia desde el principio en primera línea.

Y así seguimos, aunque, con las tiendas cerradas, aún no hemos conseguido la lana. Ainhoa no para de darle vueltas:

—Igual deberíamos preguntar al vecindario. Aunque no sé si alguien va a tener un ovillo de lana. Ya nadie hace cosas...

Podíamos pasarnos horas hablando. De balcón a balcón. Nuestros rostros en el aire.

Un día, sin que me preguntara nada, acabé confesándole todo sobre mi situación, le conté cosas sobre mi vida que no le había contado nunca a nadie: los desprecios que viví los primeros años de convivencia con él, aún solo verbales; los empujones de los años siguientes, cuando llegaba tarde por la noche; las peticiones de perdón, llorando, el domingo por la mañana; la primera vez que me pegó, precisamente el día de mi cumpleaños, sin darme tiempo ni a quitarme aquel jersey que me había regalado... Y todo lo que le siguió: sentir que al cerrar la puerta de mi casa por las noches estaba echando la llave a mi propia celda; el enemigo en mi casa, en mi cama, en mi respiración siempre entrecortada, en mis movimientos silenciosos, como si quisiera pasar desapercibida todo el tiempo. Como si fuera aire. Como si fuera nada.

Con los cuellos estirados, asomando nuestras cabezas por la mampara que separa nuestros balcones, se lo conté todo a pesar de las malas condiciones. En realidad, las malas condiciones permitieron que se lo contara. Si no hubiese llegado el virus, jamás lo habría hecho. Bajo el sol de abril encontré en ella ese pecho en el que posar mi cara que había estado buscando toda la vida en un lugar equivocado.

Hablan de catástrofe. Pero catástrofes hay muchas.

Que te falte lana también puede ser una catástrofe.

Ainhoa, 2.º A

Como si fuera tan fácil. Escribir un relato sobre el confinamiento. Y hacerlo sin caer en lugares comunes. Ja. Los del periódico no saben muy bien lo que te han encargado. Has empezado el relato muchas veces. Los comienzos son fáciles; lo difícil es darles continuidad. Y el germen está en el comienzo. El futuro se construye en el presente, en la vida y en la ficción.

A veces, empiezas y enseguida lo dejas. Subes donde Jesusa a preguntarle cómo está o si todavía le queda algo de lana, o sales al balcón a ver si Cristina está ahí. Desde que te contó todo lo que le ha pasado con su ex la miras con otros ojos. Te gustaría ayudarla, como a Jesusa, pero ayudar a Cristina no es tan fácil como subirle la compra a la vecina del tercero. Ha salido de lo que cínicamente suele llamarse una relación difícil.

Una relación difícil. ¿Es que hay alguna que no lo sea? A ti con tus relaciones te ha pasado lo mismo que con ese relato que estás intentando escribir y no llega a arrancar. Desde que la mujer a la que amabas se fue de tu casa, has intentado comenzar alguna relación, pero te has alejado en cuanto empezaba a coger forma. Los principios son fáciles, pero sabes por experiencia que es peligroso adentrarse en una relación, o mejor, dejar que las relaciones se adentren en ti. Llega un momento en el que es difícil sacarlas de ahí adentro, que se pegan a tus órganos con una especie de pegamento de contacto. Y ni destrozándote las uñas es posible despegarlas. Y, a partir de ahí, estás desnuda, indefensa, como un bebé abandonado en el bosque. Si en ese momento la persona a la que amas se va de tu lado, te rompe como se rompe una hoja de un relato que no sabemos por dónde continuar.

Te rasgaste como un papel cuando ella te abandonó. No soy de nadie, te dijo tras una discusión, y se fue de tu casa. Quizá insististe demasiado en un esquema de relación anticuado que ya no vale. Quizá te habías convertido en una mujer demasiado mayor para ella. Y, a partir de ahí, tras pasar más de un año de hibernación, no has dejado que nadie entre más allá. Ha habido algún intento de relación, pero, en cuanto te han arañado un poco más adentro, en cuanto has empezado a sentir algún síntoma de dependencia, has huido. Temes volver al mismo lugar. Como dice Szymborska en aquel poema que tanto os gustaba a las dos, «Despedida de un paisaje», solo eres capaz de recordar desde lejos. No estás como para volver a abrir tu puerta de par en par. No es fácil sobrevivir a un abandono. Esa catástrofe. Todavía guardas el frasco de perfume que se dejó olvidado en el armario del baño. Ya hace más de un año. En este tiempo no te has atrevido a tirarlo. Tampoco a volver a olerlo. Sería como volver a verla, a tocarla.

Hablan de catástrofe, pero catástrofes hay muchas. Y, además, el virus no es una catástrofe. Te gustaría contar en el relato que el virus, en realidad, es algo natural y que quizá el problema ha sido la salud del mundo en el que ha aterrizado. Sí, quizá debes escribir el relato a partir de ahí. Pero te parece casi imposible escribir ficción en un mundo que se ha vuelto ficticio. Es imposible hacerle la competencia.

Has hecho algunos apuntes de lo que te gustaría incluir en tu relato. Te gustaría describir que esta pandemia nos ha permitido observarnos como a través de rayos X: hemos visto nuestra fragilidad e interdependencia; cómo despreciamos el cuidado, olvidándolo y dejándolo en manos de mujeres mal pagadas o que ofrecen su trabajo gratis; cómo hemos vivido en contra del planeta, organizando una especie de suicidio colectivo; el consumismo excesivo e incontrolado en el que estamos inmersos, comprando camisetas manufacturadas en Nepal a cinco euros; la desigualdad creciente, llegando al absurdo de que exista gente que trabaje ocho horas al día y siga siendo pobre; la prisa permanente como una forma de ceguera...

El virus nos ha mostrado más claramente que nunca que ya estábamos en riesgo antes de que llegara. Pero ahora vete y cuenta todo eso en un relato. Como si fuera tan fácil.

Empiezas a escribir y cualquier excusa es buena para dejarlo. Te acuerdas, por ejemplo, de que en la nevera no quedan yogures. Y los del supermercado online te dan un plazo de diez días para recibir las compras. La crisis ha paralizado el mundo tal y como lo conocías hasta ahora. Pero quizá ha dado oxígeno a otro que estaba a punto de morir. Como la tienda de Virtudes, que ha estado ahí toda la vida, en el bajo del edificio. Fue el ultramarinos de sus padres; en su tiempo funcionó muy bien, pero estaba a punto de cerrar antes de la llegada del virus. Y mira, ahora la tienda de Virtudes está siendo tu salvación, la salvación de los del barrio estos días tan extraños. Ahora hacéis cola para comprar allí. E incluso habláis, manteniendo la distancia de seguridad. Gracias a ella y al acuerdo que ha llegado con pequeños agricultores de la zona, allí podéis comprar verdura fresca, cerca de casa, sin necesidad de alejaros. Jesusa te dijo ayer que hacía tiempo que no comía unas acelgas tan frescas. Que le recordaron a las de su época. Como las del pueblo, te dijo. Te alegró ver que sonreía. Aunque te volvió a recordar lo de la lana.

Como si fuera tan fácil encontrarla.

Has dejado el relato de nuevo y has pensado en preguntar por el vecindario. Alguien tiene que tener lana. Has subido al tercero y has llamado a la puerta que está en frente de la de Jesusa. No tienes muy claro quién vive allí, pero quizá sea más fácil explicarle lo de la lana si le hablas de una necesidad de su vecina de enfrente.

Te ha abierto la puerta una mujer, más o menos de tu edad. Viste unos *leggings* y una camiseta de cuello ancho que deja al descubierto su hombro derecho. Te ha mirado fijamente a los ojos y casi has tartamudeado al explicarle lo de la lana. Has sentido que aquellos ojos negros te perforaban.

Se ha quedado pensativa.

—No tengo lana, pero dame algo de tiempo para pensar de dónde podemos sacarla.

Su voz, profunda.

Ha terminado la frase con una sonrisa y, sin quererlo, te has sonrojado. Y justo en ese momento, tras hacer un gesto extraño, uno de esos que haces cuando te pones nerviosa, se te ha enganchado el jersey a un pequeño saliente de la pared.

—No, no estires —te ha advertido—. Ahora traigo unas tijeras.

Ha vuelto corriendo y, nada más empezar a cortar el trozo de lana que se te ha quedado enganchado a la pared, se ha detenido, os habéis mirado y habéis sonreído a la vez.

Os ha faltado gritar «Eureka».

Eso es. Sacaréis la lana de los jerséis, de las bufandas, de lo que sea que tengáis por casa.

Eufóricas, os habéis abrazado, y entonces te ha dicho al oído que le has alegrado el cumpleaños.

Te has puesto tan nerviosa que ni siquiera has sido capaz de felicitarla. Te pasa con la gente que te gusta, que te vuelves torpe. Con la gente que no te interesa, sin embargo, eres brillante. No tienes remedio.

—Mañana me paso a recoger tu ovillo —le has dicho, y has bajado corriendo las escaleras.

Mientras regresas a tu casa, sin saber por qué, has recordado la emoción y los nervios del primer cigarro, un Fortuna, que te fumaste a escondidas en el descansillo de casa de tus padres. Recuerdas el olor y el sonido del tabaco consumiéndose. Cricri.

No sabes qué es, pero sientes que algo que llevaba mucho tiempo dormido en tu interior comienza a despertar.

Al cerrar la puerta de tu casa, percibes el olor de la primavera entrando por la ventana abierta del salón. Respiras fuerte.

Edurne.

Te ha dicho que se llama Edurne.

Cristina, 2.° B

Ainhoa me ha llamado desde el otro lado de la mampara, excitada. Me ha contado la «gran idea» que han tenido la vecina del tercero y ella de hacer una ronda en el vecindario proponiendo que busquen jerséis que no usen para soltarlos y reutilizar la lana.

Me he reído.

—¿De qué te ríes?

—No sé, no me río, solo que me has puesto nerviosa.

Pero la risa floja se me ha cortado de golpe cuando me ha dicho que yo también podría pasar por algunas casas a pedir lana. No sé si soy capaz. Tras todos estos años con él, siento amputadas mis dotes sociales y la confianza en mí misma. No le gustaba que hablara con gente que él no conocía.

Me lo dejó claro aquel día, el de mi cumpleaños, cuando me golpeó por primera vez. Llevaba puesto el jersey que me había regalado unas horas antes. La brusquedad del golpe me recordó un accidente de coche que tuve una vez. Pero esta vez no se hinchó el airbag, sino la rabia de sus celos. Se había sentido incómodo cuando apareció para felicitarme por sorpresa un viejo amigo. Cuando volvimos a casa, me agarró fuerte del cuello y me puso contra la pared. A partir de ahí casi dejé de hablar con la gente. No hacía falta que me lo prohibiera, lo evitaba yo misma por miedo a que se enfadara.

Y ahora no sé si soy capaz de ir de puerta en puerta pidiendo ayuda. Tras todos estos años con él, no sé si soy capaz de acercarme así a la gente, de presentarme allí, yo sola. Como si una idea mía tuviera algún valor, como si yo misma le diera valor a algo mío. No sé si seré capaz. Abrirme a Ainhoa ha sido el primer paso, pero llamar a la puerta de gente desconocida, aunque haya vivido años en mi mismo edificio, me aterra.

Qué difícil. Pedir ayuda. Siempre es más difícil que darla.

Ainhoa, 2.º A

Has buscado en los armarios y has encontrado un viejo jersey que utilizabas hace años. Un jersey de color crema, con las mangas cedidas; recuerdas que siempre metías las manos dentro y estirabas las mangas. Llevabas el paquete de tabaco y el mechero en la mano, dentro de esa manga. Hay una parte de tu pasado en ese jersey, un olor, por eso no lo has tirado nunca cuando has hecho limpieza. Has ido a buscar unas tijeras. Piensas que hoy, además de pasado, el jersey va a tener un futuro. Y sientes una especie de calor en el estómago que hacía años que no sentías. Has vuelto a recordar la escena con Edurne:

—Cuando volvamos a la normalidad... —le has empezado a decir mientras te soltaba el jersey. Pero no te ha dejado terminar.

—¿Volver a la normalidad? Pero si el problema era la normalidad... —ha sentenciado.

No olvidas el momento en que, tras el abrazo y sus palabras al oído, os habéis mirado a los ojos durante un segundo. Te ha parecido un minuto. Qué capacidad la de nuestra mente de alargar algunos segundos como si fueran mangas de jersey.

Por la tarde, has estado un rato charlando con Cristina en el balcón. Mientras tomabais el sol. Cada una sentada en su silla, mirando al infinito, sin veros, pero muy cerca de la mampara las dos, para escuchar bien vuestras voces.

—El sol de abril —le has dicho, y has suspirado, sin poder quitarte de la cabeza a Edurne y el momento que habéis vivido—. Hay un poema de Eliot que dice que abril es el mes más cruel...

—¿Por qué el más cruel?

—Porque lo acompañan unas locas e inesperadas ganas de vivir, dice...

—Pero nuestro abril no es un abril normal. ¿No dicen que esto es una catástrofe?

Sientes un sabor dulce en la boca. Lo reconoces. Y la pregunta te sale con la naturalidad de una tos.

—¿Tú crees posible una historia de amor en medio de una catástrofe? ¿Crees que es justo pensar en el amor en una situación de emergencia?

—Bueno, no todo se detiene en una catástrofe... Los árboles están en flor, ¿no?... Y los pájaros... ¿No los oyes con más intensidad estos días?

—Es verdad. La gente también se enamora en las guerras. ¿Has visto *Casablanca*? «El mundo se derrumba y nosotros nos enamoramos.»

Recordar la frase de Ingrid Bergman a Humphrey Bogart te ha hecho levantarte de la silla de un salto. Te has disculpado ante Cristina, has entrado en casa, has ido al baño y has abierto el armario. Ahí está. El frasco de perfume que no te has atrevido a tocar en dos años. Respiras. Una vez. Dos veces. Lo coges por fin.

Tienes que encontrar algún papel para envolverlo, no tienes papel de regalo. Quizá unas páginas de revista te servirán. Se lo regalarás mañana a Edurne, por su cumpleaños, cuando subas a recoger su ovillo.

Ahora tienes que escribir. Y ahora ya lo sabes: vas a escribir una historia de amor. ¿Una historia de amor en medio de la catástrofe? ¿Por qué no?

Es todo un reto. Hace menos de un mes no hubieses sido capaz ni de escribir la palabra *amor* en un papel.

Cristina, 2.º B

Hablan de catástrofe. Pero catástrofes hay muchas. Y antes de que apareciera el virus ya estaban aquí, ocultas bajo una especie de papel de regalo. Pero el papel se ha deshecho como mojado por la lluvia y han aparecido grietas, heridas, huecos, enfermedades.

Carencias.

Hace un mes, por ejemplo, hubiera sido impensable para mí hacer lo que he hecho hoy. Salir de casa e ir puerta a puerta por el vecindario recogiendo lanas de todo tipo. Y ha sido curioso, porque en lugar de darles yo las gracias me las daban a mí, como si al soltar las prendas hubiesen logrado soltar también algún nudo que guardaban en el estómago. Ha sido como dar y recibir en un mismo acto.

Hace un mes, hubiese sido impensable que me atreviera. Por eso sonrío satisfecha mientras extiendo sobre la alfombra del salón todas las lanas que he conseguido: lanas granates, marrones, azules, verdes... Lanas de diferentes texturas y grosores. Parecen cabellos rizados de muñecas; aún conservan la curvatura que tenían en el jersey o la bufanda de la que han salido. Hasta que alguien les dé una nueva forma.

Falta la mía.

He ido al armario sabiendo qué jersey quiero encontrar. Está en el fondo. No quise usar aquel jersey nunca más. No ponérmelo se convirtió en mi única forma posible de resistencia, de protesta, una vez desactivadas como por arte de magia todas las demás. Alguna vez me preguntó por qué no me ponía el jersey que me había regalado. Le respondía que no lo encontraba, que ya lo buscaría. Lo he tenido durante años bien escondido en el fondo del armario.

Y hoy ha llegado el momento de deshilacharlo. De soltar todas esas hebras encogidas por el miedo dentro de él.

—¿Me ayudas? —le he pedido a mi hijo.

Y entre los dos hemos deshecho el jersey. Poco a poco primero, cada vez más rápido, con rabia, prisa y nervios al final. Mis manos temblaban.

Ha sido como deshacer una vida entera.

Ahora solo nos queda tejer una nueva.

Ecografías

Recuerdo la luz blanca sobre mi cara. Recuerdo rostros sin boca, manos entre mis muslos, dedos de látex penetrando mi cuerpo. Voces. Tranquila. Empuja ahora. Ahora no. Respira. La presión en las sienes, en el abdomen, en la entrepierna. Cuando llegue la contracción, empuja con todas tus fuerzas. Lo estás haciendo muy bien. Recuerdo el olor a desinfectante. Y el olor a sangre cuando por fin me partí en dos. Ya está, ya está. Unos segundos de oscuridad. Y otra vez la luz sobre mi cara. Otra vez las caras, los dedos, ya fuera, pero aún dentro de mí, removiendo mis entrañas. Y las voces. Felicidades. Es una niña preciosa.

Lo recuerdo todo perfectamente. Todo menos el llanto. Lo recuerdo casi todo menos el llanto del bebé, y no lo recuerdo, no puedo imaginarlo, por mucho que me esfuerce, porque realmente todo aquello no ocurrió. Nunca ocurrió. Nunca me ingresaron en el hospital para dar a luz, pero lo recuerdo como si hubiese ocurrido porque lo he soñado tantas veces, he empujado en sueños tantas veces... Sin estar nunca en una sala de partos. Que mi hermana Elena sea matrona en el hospital de Cruces tal vez me haya ayudado a imaginar el momento con todo detalle por todo lo que le he oído contar, quizá me haya ayudado también haber nacido en un caserío y haber visto desde niña cómo nacen los terneros y las ovejas. Pero la verdad es que no he tenido una contracción real en mi vida, aunque mi cuerpo se ha contraído muchas veces en sueños.

El viaje ha sido largo. Partí junto a mi hermana Elena del aeropuerto de Bilbao. Volamos a Frankfurt para tomar allí otro vuelo a Adís Abeba. Pero el viaje empezó mucho antes, dos años o más. Quizá empezó el primer día en que soñé que me llevaban en ambulancia desde mi apartamento en el Casco Viejo hasta el hospital de Cruces y allá, en la sala de partos, daba a luz un bebé. El primer día en que soñé que algo latía en mi interior, un corazón, y no era el mío; el día en que empecé a sentir frío fuera de mis sueños y a escuchar el eco de mi vientre.

El viaje ha sido largo y duro. Han sido casi dos años de marejada. Y en medio del oleaje, solo un objeto ha permanecido quieto y fijo ante mis ojos: una fotografía. En estos últimos meses me he aferrado a una fotografía como el náufrago a la tabla. En medio de la marea, he sostenido con fuerza una fotografía desde la que una niña me miraba fijamente a los ojos. Ha sido mi salvavidas. Mi techo en la intemperie de la realidad.

En el momento en que partimos me pareció sentir físicamente las contracciones que hasta entonces solo había experimentado en sueños. Era viernes por la mañana y me recuerdo mirando desde la ventanilla del avión las verdes y húmedas montañas que rodean Bilbao, los coches como hormigas de colores avanzando hacia la costa, la espuma del Cantábrico dibujando el litoral, los tejados rojos dispersos por el monte.

—¿Lo ves? ¿Puedes verlo?

Mi hermana me golpeaba el brazo con el codo constantemente. Lo intenté, pero no conseguí distinguir el tejado de nuestro caserío en Aulestia. El caserío en que crecimos y en el que siguen viviendo nuestros padres. Imposible verlo. La casona se escondía entre los montes que emergían de la tierra como pechos de mujer. Y en mi mano, todo el tiempo, la fotografía. Los ojos oscuros de la niña cada vez más grandes. Y más grande también su cara de interrogación.

«¿Y tú quién eres?»

Mi hermana no quiso dejarme sola en un momento tan delicado. Bastante tienes con meterte en esto tú sola, me dijo, cuando le conté que había iniciado los trámites de adopción. Por lo menos no iría sola al viaje. Siempre ejerciendo de hermana mayor. Como cuando me acompañaba los sábados por la mañana desde el caserío hasta la parroquia de Aulestia, donde nos preparaban para la primera comunión. Se quedaba esperando fuera hasta que terminábamos para volver a acompañarme hasta casa. Aquella mañana, en el aeropuerto, me sentí igual, como si Elena me acompañara una vez más a la catequesis. Hay mujeres que son madres antes de parir. Mi hermana ya lo era entonces, muchos años antes de tener a Mikele y Jon, cuando me acompañaba hasta el pueblo por un camino que se embarraba con la lluvia. Recuerdo los charcos marrones. Recuerdo su mano abierta, a la que me aferraba con la fuerza y la inercia de un imán.

Bastante tienes con meterte en esto tú sola, me dijo. Me recordó a nuestra madre cuando me echó en cara mi decisión. Como si fuera un capricho, como si fuera algo antinatural, como si desafiara al mundo por mi obstinación en dar amor y cobijo a una persona. Como si no tener un hombre a mi lado me impidiera tener el título de madre. Igual que en las ventanillas de la Administración, donde una voz gris te dice: le falta el sello, le falta la foto... Le falta un hombre, me decían todos con la mirada. Y me hacían sentir como si me faltara un brazo. Como si no estuviese completa. Como si fuese media persona.

Por lo menos no irás sola al viaje, me dijo Elena con cara de compasión. Como diciéndome: No sabes la que te viene encima. A mí nunca se me ocurrió mirarla con compasión durante ninguno de sus dos embarazos. Al contrario, cuando me cogía la mano para ponerla sobre su vientre y me preguntaba ¿Notas cómo se mueve?, el corazón se me ponía a mil por hora y le sonreía excitada. Es la pierna, ¿la notas? Cuántas veces imaginamos de pequeñas el momento de ser madres. Cuántas veces jugamos en los alrededores del caserío metiéndonos hojas secas bajo el jersey. No sabíamos entonces que se puede ser madre de muchas maneras. Cuando me enseñaba las ecografías de Mikele y Jon y me preguntaba ¿A quién se parecerá?, jamás se me hubiese ocurrido mirarla con compasión; sin embargo, ella sí lo hizo en el momento en que le conté que había iniciado los trámites para la adopción. Nadie en el caserío miraría con cara de compasión a la vaca que amamanta a un ternero cuya madre ha muerto en el parto. Es algo natural. Es lo que intenté explicarles tantas veces.

Me sorprendió ver por primera vez Etiopía desde el cielo. Durante los dos últimos años me había imaginado un paisaje muy distinto al que conocía desde niña. Sin embargo, era más verde de lo que esperaba, más parecido al de nuestra tierra de lo que imaginaba. El color y el frescor de los eucaliptos nos dieron la bienvenida. Y la luz. La luz sí era distinta.

La reacción de Elena al contarle que había iniciado los trámites de adopción no fue nada en comparación con la de mis padres. Mi madre intentó evitarlo hasta el final.

—Todavía tienes tiempo para intentarlo, para encontrar pareja, para tener un hijo como Dios manda.

No nos hagas esto, me decía con la mirada. Mi padre ni siquiera habló del asunto. Se escondía cada vez que salía el tema, huía con cualquier excusa. Había que dar de comer al ganado, limpiar el establo, recoger la hierba seca. No entendía nada. ¿Y de Etiopía?, preguntaba mi madre. No sé muy bien si a mí o al cielo.

—¿Africano? —preguntaba alzando los ojos hacia el techo del caserío, de donde colgaban los pimientos secos.

Sí, además iba a ser un niño negro o una niña negra. La oveja negra en el caserío de Aulestia.

—Los papeles van bastante lento, *ama*, y puede pasar mucho tiempo hasta que...

Mi madre confiaba en que en ese tiempo me lo pensaría dos veces, o conocería a alguien, o volvería con Gari. Siempre quedaba la esperanza de Gari. Mi madre nunca entendió por qué lo dejamos. Dice que ahora los hombres y las mujeres nos miramos demasiado, y que si miras a alguien demasiado siempre le encontrarás fallos, que no hay nadie perfecto, y que más vale pájaro en mano... Eso dice mi madre. Dice que en su tiempo no le daban tantas vueltas al asunto y que por eso se han mantenido los matrimonios durante toda la vida, como Dios manda. Igual que el suyo. Me he preguntado muchas veces si alguna vez estuvieron enamorados o simplemente se fueron cogiendo cariño durante tantos años de convivencia.

El sol de África es distinto. La luz es otra. Me di cuenta nada más bajar del avión. También es otra la luz de la mirada de la gente. Blanca y amplia. Una mujer nos esperaba en el aeropuerto de Adís Abeba con un cartel en la mano en el que se leía mi nombre completo. Al ver mi nombre escrito en un lugar tan lejano y desconocido, sentí que no me correspondía, que aquel era el nombre de otra persona. Que no era el mismo nombre que oía todas las mañanas en la escuela de

Aulestia cuando la profesora pasaba lista o cuando me pedía que cantara la tabla del siete, la maldita tabla del siete. Sentí que en ese preciso momento comenzaba a meterme en el cuerpo de otra mujer. Igual que las serpientes, comenzaba a desprenderme de mi piel como de una funda para entrar en un nuevo mundo. Un mundo totalmente desconocido.

Un hombre nos esperaba fuera del aeropuerto al volante de un cuatro por cuatro. Fuerte, el brazo negro apoyado sobre la ventanilla bajada. La mujer nos acompañó al hotel y también al día siguiente al orfanato en el mismo vehículo y con el mismo conductor. Por el camino, le sudaba la frente. Recuerdo el ceño fruncido de aquella mujer, sus dientes apretados. Se llamaba Mamo. No nos dijo más. Solo que nos acompañaría durante nuestra estancia en Etiopía. Al abrir su carpeta me sorprendió ver pegada en la contraportada una foto de la puerta de Brandemburgo, en Berlín.

—¿Has estado alguna vez en Berlín? —le pregunté señalando la foto y sonriendo, aliviada por haber encontrado algún tema de conversación que aligerara el ambiente, que cortara la tensión instalada en el interior del vehículo.

—No, nunca —me respondió tajante cerrando bruscamente la carpeta.

Cuando se enteraron de mis intenciones, todo era curiosidad en la oficina. Era algo tan exótico... Algo original que contar a sus parejas al llegar a casa.

—¿Y cómo es? ¿Cuántos años tiene? ¿Tienes la foto?

—Debe de tener entre uno y dos años, aunque no está registrado cuándo nació exactamente.

—¿Cómo se llama?

—Amina.

—¿Es guapa?

—En la foto es preciosa.

Era preciosa en la foto. La gasté de tanto mirarla, noche tras noche, tumbada en la cama de mi recién estrenado apartamento en el Casco Viejo. También llevaba la foto en la mano al acercarnos al orfanato en el cuatro por cuatro. La llevaba en mis manos sudorosas y la pasaba continuamente de una a otra para que no se humedeciera mientras me secaba la que estaba libre con el pantalón. Sudaba como Mamo. Sudaba igual que antes de la primera cita con la asistenta social a la que me enviaron desde la Diputación para obtener la idoneidad. El primer interrogatorio tras el que alguien debía decidir si merecía ser madre.

—¿No tiene pareja?

—No.

—¿Ha tenido pareja?

—Sí.

Las citas para la idoneidad me removieron por dentro, como el arado remueve la tierra que se va a sembrar. Recordé a mi padre labrando la tierra mientras cada pregunta me desnudaba por dentro. Preguntas afiladas como cuchillos. Mi padre, con los ojos fijos en la tierra, removiéndola con rabia, como si quisiera enterrar allí las palabras que se le han quedado estancadas durante toda una vida. Todas las palabras no dichas que ya le empiezan a doler.

—¿Y tiene intención de tener pareja en un futuro? —me preguntó, con el informe en las manos, mirándome por encima de sus gafas.

De saber la respuesta le hubiese dicho algo. Pero me quedé muda. Simplemente alcé los brazos. Y pensé: Ya está, no soy idónea.

En las sesiones de idoneidad conocí a varias parejas que estaban también en trámites.

—¿Y no os han hecho venir a los dos?

—No, es que estoy en esto yo sola.

Conocía aquella mirada. Venían a decirme algo así como: No sabes la que se te viene encima.

Mamo nos acompañó al interior del orfanato. En el camino nos habló, como habla un autómata, sobre documentos y sellos y juicios. Burocracia. Ni una palabra relativa al viaje, a nuestro estado, al de la niña. Ni una sonrisa, ni un gesto de complicidad. Mamo, que no soltaba en ningún momento la carpeta negra, nos hablaba sin mirarnos a los ojos.

Al entrar al orfanato sentí como si las miradas blancas de los niños y niñas que se asomaban por las habitaciones se me clavaran en la ropa. Igual que se clavaban en mi ropa las espigas con las que jugaba junto a Elena cuando éramos niñas. Elena y yo corriendo por una explanada, lanzándonos espigas que se quedaban pegadas a nuestros jerséis de lana. Elena y yo riendo, riéndole al mundo y al sol. Años más tarde, Elena y yo entrando a un orfanato de Etiopía. Todo en una misma vida.

Recuerdo balbuceos, lloros lejanos y olor a papilla. Y la expresión seria, seca, de una enfermera que se nos cruzó en el camino. Y la expresión seca, seria, de la representante del Gobierno que nos esperaba allí. La misma expresión de Mamo. Y, por fin, tras entrar en una habitación, pude ver a la niña, sentada en una manta extendida sobre una camilla. Y dos ojos negros interrogándome. Los mismos ojos negros de la fotografía.

«¿Y tú quién eres?»

Dicen que tras parir las mujeres olvidan los nueve meses de embarazo, que se quedan atrás, como un recuerdo lejano. Yo tampoco recuerdo muy bien todo lo ocurrido durante las dos semanas que pasé con mi hermana en Adís Abeba. Recuerdo, eso sí, que pasamos horas con la niña antes de devolverla cada noche al orfanato, y le cantábamos, sobre todo le cantábamos, porque nuestros nervios no nos dejaban hacer otra cosa. De alguna manera debíamos expulsar la electricidad que se estaba generando constantemente en nuestros cuerpos.

—*Kalean gooora, ḵalean beeehera...*

Nos miraba como a extraterrestres. Le debíamos de parecer ridículas alzando y bajando los brazos al ritmo de nuestro cántico. Nos miraba constantemente, pero no hacía ninguna mueca, no sonreía, no lloraba. Solo nos miraba. Seria, como la enfermera, como la representante del Gobierno, como una persona adulta. Como Mamo. Y cada vez que su mirada de hielo se clavaba en mí, sentía el eco del vacío, el ruido del miedo. Algo así como un metal que cae al fondo de una cazuela. Un golpe frío y seco.

«¿Y tú quién eres?»

Me lo preguntaba con cada mirada. ¿Se puede saber quién eres y qué haces aquí? Lloré cada noche que pasé allí. Lloraba por la tensión de los últimos papeles que no terminaban de llegar, de los últimos sellos que no acababan de estamparse, y por el miedo a que llegara el momento de llevarnos a la niña de allí. Me aterrorizaba pensar en ese momento. ¿Y si no quiere venir conmigo? ¿Y si me rechaza? Recuerdo aquellos días y aquellos miedos, pero como algo borroso, como si se escondieran tras una ventana cubierta de gotas de lluvia.

Gari siempre quiso tener hijos, pero entonces era yo la que pensaba que no había llegado el momento. No habría llegado profesionalmente a donde estoy si hubiese decidido tener un hijo entonces. Después me he arrepentido alguna vez. Si hubiese tenido un niño con Gari tal vez habríamos podido llegar a ser felices. Quizá tener hijos habría llenado el hueco que se empezaba a crear en nuestra relación. Pero el hueco se fue haciendo cada vez más grande, más hondo, hasta convertirse en una distancia insalvable entre los dos. Dos islas en medio del océano. Él insistió hasta el final en construir puentes, en encontrar un camino. Le costó entender que quería estar sola. Estaba convencido de que había una tercera persona, alguien por quien le había sustituido. Pero no me hizo falta nadie más para darme cuenta de que Gari era un pozo vacío. Después de doce años juntos. Después de diez años viviendo bajo el mismo techo.

—¿Es que ya no me quieres?

—No es eso.

—Entonces... ¿Cómo se llama?

—No hay nadie.

Realmente no había nadie. Solo un pozo vacío al que temía asomarme por miedo a caer al fondo. Como cuando te acercas a un precipicio y el miedo a caerte te hace abalanzarte hacia el vacío.

Volví a estar con él una vez iniciados los trámites. Le invité a mi nuevo apartamento a tomar café para explicárselo. Prefería contárselo yo a que se enterara por ahí.

—El piso es pequeño, pero está bien, ¿no? Te ha encajado muy bien el mueble del salón. Aquí puesto parece otro... —Gari miraba a un lado y al otro del apartamento como buscando un rastro de sí mismo, como queriendo comprobar si en mi vida quedaba aún algo, algún recuerdo, alguna fotografía, algo de los doce años que pasamos juntos.

Se lo conté, me escuchó y, por un momento, me pareció ver agua en el fondo del pozo, pensé que por un momento me comprendía y se alegraba además por mi decisión. Sentados en el sofá, llevó su palma abierta a mi mejilla, y, casi sin pensarlo, como por un acto reflejo, aliviada al sentir que Gari me entendía, le besé. Le besé como en los primeros años en que vivíamos juntos, y, sin darnos cuenta, acabamos abrazados sobre el sofá. Hacía dos años que nadie me había abrazado, me di cuenta en ese momento, y al sentir su calor, los ojos se me llenaron de lágrimas. Entonces Gari me besó la barbilla y me dijo sonriendo, con cara de haber tenido una idea genial, que iba a solucionarlo todo:

—No tienes por qué hacerlo sola. Tranquila, yo te acompañaré en esto. Lo haremos los dos.

Y otra vez sentí el pozo vacío. Otra vez comprobé que no había entendido nada. Me había agarrado a la tabla de salvación equivocada. Gari no podía salvarme de la marejada. Debía salir nadando de allí yo sola.

—Lo siento, Gari. Quiero hacerlo yo sola. ¿No lo entiendes?

Nos despedimos con un frío beso con olor a tabaco. Gari solo fumaba cuando se ponía nervioso, cuando no sabía qué otra cosa hacer. Me sentí culpable con su última mirada. Me había convertido en una persona egoísta que no quería compartir nada. Me había quedado incluso con sus discos, con el mueble del salón de la que fue nuestra casa, y ahora ni siquiera era capaz de compartir el amor a una niña.

En Etiopía hay un médico por cada treinta y seis mil habitantes. Nos lo dijo el conductor del cuatro por cuatro un día en que Mamo nos hizo esperar con el coche en marcha mientras arreglaba unos papeles en el consulado. Más de tres mil médicos del país habían desertado en el último año, nos dijo. Entre ellos, el marido de Mamo. Nos contó, bajando el tono de voz, con cara de estar contándonos un secreto, que el marido de Mamo estaba en Sudáfrica, a donde huyó en busca de una paga mejor. Que la abandonó. Que otros compañeros suyos habían huido también a Botsuana y a Estados Unidos. Movía la cabeza de un lado a otro constantemente, como diciendo: no sabéis la que tenemos encima.

Salió Mamo con los papeles sobre su carpeta negra. Cada mirada suya me culpaba de la situación del país. Me acusaba por venir a robarles lo más preciado. Por venir a robarles su futuro, sus niños y sus niñas. Todo el mundo huía, y a quien no huía se lo llevaban. Pero pensé que no tenía derecho a mirarme así. Ella trabajaba en esto. Ella también estaba implicada. Se ganaba la vida ayudando a que se llevaran a sus niños y niñas.

—¿Tienes hijos, Mamo?

Me miró fijamente, tragó saliva y siguió hablando de papeles y de sellos, de consulados y de Gobiernos, del pasaporte de la niña, de lo que debíamos decir en la aduana. Su frente seguía sudando. Le ofrecí un pañuelo. Lo rechazó.

Recuerdo las conversaciones en la habitación del hotel con Elena. Tumbadas en la cama, mirando al techo, como cuando éramos niñas y nos acostábamos en aquella habitación de paredes de piedra. Salíamos corriendo desde la cocina, templada por la económica, cruzábamos el pasillo helado, y una vez en la habitación, nos metíamos a toda prisa bajo las mantas. Desde aquellos tiempos en los que nos hacíamos confidencias no habíamos vuelto a hablar así, como dos hermanas.

—¿Crees que *ama* llegará a entenderlo?

—¿Sabes lo que dijo cuando supo que ibas a meterte en esto? Que a ver por qué tenías que irte tan lejos a por una niña. Que era algo así como romper el orden del mundo... Que lo que habría que hacer es ayudarlos y no quitarles a sus hijos.

—Yo creo que lo que más le preocupa no es que traiga una niña de otro país, sino que lo haga yo sola. Si estuviese con Gari no pondría tantas pegas.

—Por cierto, ¿qué es de Gari?

Mi hermana también hubiera preferido que lo intentara con Gari. Tampoco ella entendía muy bien por qué lo hacía sola. O por lo menos no lo entendía hasta iniciar el viaje a Etiopía conmigo.

—¿Sabes? —me dijo mirándome desde su cama—. Viéndote ahí tumbada... te veo cara de parturienta, te lo juro. Y mira que conozco esa cara, que he visto muchas...

No sabía muy bien si estaba de broma.

—¿Quieres que te enseñe unas respiraciones? A las parturientas les va muy bien.

Recuerdo las risas casi histéricas en el hotel, descarga de nuestras tensiones. Me recuerdo inspirando fuerte y soltando todo el aire en una carcajada. Recuerdo una mirada de Elena que no veía desde que nos dedicábamos a reírnos de todo, de los motes que poníamos a los chicos, de la pinta que teníamos cuando nos daba por disfrazarnos con las ropas de nuestra madre o por pintarnos con las barras de labios que traía en su bolso la tía Bego de Ispaster, porque nuestra madre no se pintaba nunca, ni los domingos para ir a misa. Elena. Casi había olvidado quién era mi hermana después de tantos años. Casi había olvidado quién era yo misma, quién fui. La esencia de ambas perfumando la habitación de un lejano hotel de Adís Abeba. Había olvidado ese olor.

—¿No sonríe nunca? —le pregunté preocupada a la enfermera mientras vestía a Amina.

No me contestó. No sé muy bien si no me entendía o no me quería responder o, simplemente, la respuesta era obvia.

No sonreía. Amina no sonreía nunca. Su cara era un constante signo de interrogación. Y cada mirada era un sopapo en mi mejilla. Con cada mirada comenzaba a arrepentirme de todo, me sentía culpable por llevarme a una niña de su entorno como quien se lleva un *souvenir* del país que visita, por no querer compartirla con nadie, por no haber intentado tener un hijo como Dios manda, como diría mi madre, por haber rechazado a Gari... Por todo. Me sentía culpable hasta del hambre que hay en el mundo.

Cada día que la sacábamos del orfanato, se quedaba mirando atrás, a la enfermera seria, al edificio lleno de humedades, a las miradas blancas de los otros niños y niñas que se quedaban allí. Temía que empezara a llorar, que no quisiera venirse conmigo. Sentía que la obligaba a sentirse mi hija cuando no teníamos nada en común, ni siquiera el color de nuestra piel. Quizá mi madre tenía razón, estaba haciendo algo antinatural, algo en contra del orden del mundo, algo que la naturaleza acabaría por hacerme pagar.

—¿Por qué crees que no sonríe, Mamo? ¿Es porque está con nosotras?

Mamo no me contestó. Me miró como preguntándome por qué tendría que sonreír. A ver si yo sonreiría estando en su situación. Esa noche, en el hotel, soñé que era una niña sentada sobre el pajar de nuestro establo. Ni mi padre ni mi madre aparecían en las imágenes y sí una mujer negra, con la cara de Mamo, que venía a cogerme y llevarme a su país. Y yo miraba el caserío y miraba luego asustada a aquella mujer negra que me mostraba sus dientes blancos y me sonreía. Me extendía sus brazos negros y me cantaba. Y yo solo tenía ganas de llorar, y mientras me llevaba, miraba hacia atrás en busca de mi madre, de mi padre, de mi hermana, que no aparecían. Tampoco yo sonreía. También yo estaba muerta de miedo, como Amina. También yo quería quedarme en el establo, confiada en que de un momento a otro aparecería mi madre. Sí, mi madre acabaría por aparecer. Las madres siempre acaban por aparecer.

Elena llamaba cada noche a su casa. Preguntaba a Josu, su marido, por Jon y Mikele.

—Pónmelos al teléfono.

Hablaba con ellos cada noche. Cada noche le preguntaban cuándo volvía a casa. Nunca había estado tanto tiempo separada de sus hijos. También me sentía culpable por ello.

Tumbadas en la cama del hotel, cansadas pero sin poder dormir, le pregunté:

—¿Es verdad que cuando ves al bebé después de parir se te olvida todo el dolor?

Se hizo el silencio. Elena tardó unos segundos en contestar.

—Eso es mentira... Como es mentira que tras parir te sientes la mujer más feliz del mundo.

—¿No es verdad?

—Nos dicen muchas mentiras, ¿sabes? Nadie te dice que vas a ponerte a llorar al llegar a casa con el bebé, que te sientes con menos fuerza que una planta seca. Que incluso puedes sentir rechazo hacia ese ser que no hace más que llorar y que te impide ser la misma que eras hasta entonces... —Elena miraba al techo con los brazos en alto, rascándose el codo con la mano—. Nadie te cuenta que, tras la brutal salida del bebé, te sientes como si una mano de plástico te hubiese vaciado por dentro y en su trabajo se hubiese llevado parte de tu alma. Hay una gran mentira que nosotras mismas vamos alimentando, como si no quisiéramos desanimar a otras mujeres. Y el secreto nos acaba haciendo daño... Veo cada día los ojos de las mujeres que salen del paritorio. Creen que por fin el sufrimiento ha terminado. No saben que los peores dolores están por llegar.

—Pero todo no será mentira... Tiene que ser algo muy especial.

—No, todo no es mentira. Hay una gran verdad. Que, aunque te corten el cordón umbilical físicamente, este permanece, no desaparece ya nunca. Siempre sujetas una cuerda que te conduce hasta tus hijos.

Una cuerda. Como la que se le pone a la mula para tirar de ella. Me vino a la mente la imagen de mi madre tirando de la mula con el cuerpo inclinado hacia delante. También tiró así de nosotras hasta que crecimos, y ahora somos nosotras las que empezamos a tirar de ella. Está mayor. Siempre crees que tu madre no puede envejecer, que tiene que estar ahí, siempre lista para cuidarte. Pero un día la miras y te parece que ha menguado, y que sus ojos se han hecho más pequeños, y que no te pregunta por todo lo que haces como cuando eras niña. Sin embargo, sabes que cada movimiento tuyo sigue provocando una reacción en sus músculos, como cuando el médico te golpea la rodilla para comprobar tus reflejos. Una cuerda. Siempre sujetas una cuerda que te conduce hasta tus hijos. Así me lo dijo mi hermana.

—Te conviertes en algo así como en una campana —me dijo Elena—. Es como si tus hijos estuvieran atados a la cuerda que cuelga de la campana. Cada movimiento suyo te hace sonar, te hace moverte sin que tú lo decidas. Tus hijos cuelgan de ti para siempre. Y a veces creo que se mueven solo para comprobar que la campana sigue sonando. Que sigue ahí.

Recordé el sonido de las campanas de la iglesia de Aulestia. Mis padres saliendo del caserío, vestidos como solo se vestían los domingos, bajando hacia el pueblo guiados por el sonido. Cada campanada moviendo el mundo.

Elena me preparó en una bolsa la ropa que al día siguiente debía llevar al orfanato. Recuerdo haber visto a Mikele vestida con esas mismas ropas. Ella sabía lo que había que ponerle a Amina. Lo que le sentaría bien. Elena todavía era la única madre que había en aquella habitación. Se hizo madre muy joven, ya lo era antes de tener hijos, cuando me acompañaba los sábados por la mañana a la catequesis. Todavía siento el imán que une mi mano a la suya.

No dormí el día antes de llevarnos a Amina. El día antes de convertirme en su madre. Esa noche me pregunté a partir de qué momento me convertía en su madre. Si ya lo era porque los papeles estaban firmados, si lo sería tras abandonar Etiopía... Mamo me acompañó al orfanato. Elena se quedó en el hotel haciendo las maletas. Mamo me miraba mientras vestía a Amina con las ropas que traía de Bilbao. Su viejo pijama se quedaba en el orfanato para otros niños. Ver el pijama vacío sobre la camilla fue como ver el fantasma de un niño. Como por arte de magia, iba a hacer desaparecer de allí a una niña. Mamo me miraba con una mezcla de tristeza y odio. No conseguía meter el brazo de la niña en la manga. Y Mamo seguía mirándome sin compasión, sin ofrecerme su ayuda. Quizá el brazo de la niña no estaba hecho a la medida de la ropa de mi mundo. Quizá la niña no estaba hecha a la medida de mi mundo. Quizá tenía razón mi madre al decir que era algo antinatural. Temía hacerle daño en el brazo, seguía sin poder metérselo en la manga, y Amina comenzó a llorar. Y Mamo mirando. Sin mover un músculo. El llanto de la niña cada vez más fuerte y una barra de acero atravesándome la garganta. Y en un momento dado exploté. Ya no solo lloraba la niña. Entonces Mamo, tras pensárselo unos segundos, se me acercó y me ayudó a meterle la manga. La niña se calló al instante.

—Gracias, Mamo —le dije secándome las lágrimas con el antebrazo.

No me contestó. Me ofreció un pañuelo. Lo acepté. Recuerdo su frente sudando. Sus manos volviendo a recoger la carpeta negra que había dejado sobre la mesa para ayudarme. La carpeta abrazada sobre el pecho, como si abrazara a un bebé.

Nos acompañó al aeropuerto en el mismo cuatro por cuatro del día en que llegamos. Antes de que embarcáramos, Mamo se me acercó. Yo llevaba a la niña en brazos. Ni la miró. Solo me miraba a mí. A los ojos, profundamente. Era la primera vez que me miraba a los ojos. Y me sorprendió. No había sentido a Mamo tan cerca durante toda mi estancia en Etiopía. Se quedó callada unos segundos y, por fin, arrancó.

—Yo también tuve una hija. Con dieciséis años... Me preguntaste.

Me sorprendió que Mamo me hablara así después de haberse mostrado tan fría y distante durante toda nuestra estancia. Pensé que le había ocurrido como a mi padre, que de tanto tragarse las palabras y los sentimientos había sentido el frío del acero en el estómago. Y en lugar de enterrar las palabras bajo tierra para que nadie las pueda ver, como hace mi padre con el arado, Mamo había decidido soltarlas. Meterlas en aquel avión para que viajaran lejos, para librarse de ellas.

—Entonces no podía cuidarla y se la llevaron, así, como a ella. —Señaló con el dedo a Amina, pero seguía sin mirar a la niña, sin querer mirarla.

—Lo siento... —me disculpé sintiéndome culpable, como si la niña que llevaba en brazos fuese su hija.

—Se la llevaron a Alemania, a Berlín. Empecé a trabajar en adopciones hace diez años para descubrir dónde la llevaron. Y al final conseguí saberlo, pero sigo en esto.

—Lo siento.

—Perdí una hija, pero gané un trabajo —dijo con una sonrisa irónica. La primera sonrisa desde que llegamos a Etiopía.

No supe qué responder. Me pareció ver de pronto el vacío del interior de la puerta de Brandemburgo en sus ojos. Y me pareció escuchar una campana lejana. Un repicar fúnebre.

—Adiós, Mamo.

No me contestó. Me quedé mirándola mientras avanzaba hacia el cuatro por cuatro. Vacía como un globo.

Hacía mucho calor en el interior del avión. La frente de la niña sudaba. Entonces recordé que guardaba en mi bolsillo el pañuelo de Mamo. Despegó el avión y, mirando por la ventanilla, con Amina sobre mis piernas, imaginé todo aquel paisaje de montañas y eucaliptos plagado de madres exprimiendo sus pechos vacíos. Madres llorando de dolor en un parto. Madres tirando de una cuerda y encontrándose con el vacío al otro lado. Campanas sonando continuamente. Un sonido ensordecedor de campanas repicando. Campanadas como sollozos. Como gritos desesperados. Frentes sudando. Sin un pañuelo con el que secarse.

—¿Estás bien? —me preguntó Elena.

—Sí.

No me atreví a decirle que sentía en el abdomen

un dolor muy profundo, que iba y venía como si fuera una contracción.

Miramos las dos a Amina. Seguía seria, sin expresión. Hasta que Elena se levantó para ir al servicio.

—Ahora vuelvo.

En ese momento, Amina me miró, y ocurrió algo que ha convertido aquel momento en una fecha para el recuerdo. La fecha de mi nacimiento como madre. Amina alzó su mano derecha y la llevó a mi barbilla primero y a mis labios después. No podía parar de temblar. Alzó entonces la otra mano y, con una en cada lado de mi boca, me estiró la piel, como buscando una sonrisa en mi rostro de piedra. Rodeó después mi pecho con sus brazos y comenzó a buscar una postura en mi regazo hasta quedarse allí dormida. Sentí entonces que el pecho se me humedecía dejando un rastro en mi sujetador.

Nunca tuve una contracción real en mi vida, y, sin embargo, parí. Ocurrió a ocho mil metros de altura. Me desgarré por dentro como solo puede desgarrarse una parturienta al ver a mi hija buscando una postura cerca de mi vientre. Al ver a mi hija intentando recordar el tiempo en que estuvo dentro de mi cuerpo, acurrucada en mis sueños, antes de que nos llevaran a ambas a la sala de partos.

Recuerdo la luz blanca sobre mi cara. Y las voces. Felicidades. Es una niña preciosa.

Nota de la autora

Los cuentos que he reunido en este volumen pertenecen a un mismo universo. Nueve de ellos fueron publicados originalmente en el libro *Ez naiz ni*, que se editó en euskera en el año 2012 y que nunca ha sido traducido al castellano, y los otros cinco son relatos nuevos escritos con posterioridad. Conforman así un libro singular, que se convierte en un suspiro colectivo y a la vez muy íntimo de mujeres que miran hacia atrás y se preguntan dónde quedaron sus sueños; que no se reconocen en el reflejo de los escaparates; que intuyen que la vida se les escapa y sienten la urgencia de aprovecharla como sea...